中國語言文字研究輯刊

十八編

許學仁 主編

第 7 冊

漢文佛經異體字字典編輯方法研究（上）

陳逸玫 著

花木蘭文化事業有限公司

國家圖書館出版品預行編目資料

漢文佛經異體字字典編輯方法研究（上）／陳逸玟 著 —— 初
版 —— 新北市：花木蘭文化事業有限公司，2020〔民 109〕
目 6+158 面；21×29.7 公分
（中國語言文字研究輯刊 十八編；第 7 冊）
ISBN 978-986-518-023-2（精裝）
1. 漢代 2. 佛經 3. 異體字 4. 字典
802.08   109000456

中國語言文字研究輯刊
十八編　　第 七 冊　　　　　ISBN：978-986-518-023-2

漢文佛經異體字字典編輯方法研究（上）

作　　者　陳逸玟
主　　編　許學仁
總 編 輯　杜潔祥
副總編輯　楊嘉樂
編　　輯　許郁翎、張雅淋　美術編輯　陳逸婷
出　　版　花木蘭文化事業有限公司
發 行 人　高小娟
聯絡地址　235 新北市中和區中安街七二號十三樓
　　　　　電話：02-2923-1455／傳眞：02-2923-1452
網　　址　http://www.huamulan.tw 信箱 hml810518@gmail.com
印　　刷　普羅文化出版廣告事業
初　　版　2020 年 3 月
全書字數　235959 字
定　　價　十八編 8 冊（精裝）台幣 25,000 元

漢文佛經異體字字典編輯方法研究（上）

陳逸玫　著

作者簡介

陳逸玫，1970 年出生於臺灣臺北市。淡江大學中國文學系碩士，天主教輔仁大學中國文學系博士。自 1996 年投入教育部辭典編輯工作，初期參與《異體字字典》編輯，由文獻剪貼入門，進而擔任字形收錄初審，隨後又參與教育部《成語典》等各典之內容編輯、修訂計畫研擬、線上辭典檢索系統規劃等工作，已累積二十餘年的編務經驗。目前於國家教育研究院語文及編譯研究中心持續從事辭典編輯實務工作，同時進行相關研究，另於天主教輔仁大學擔任兼任助理教授。

提　要

　　本論文命題爲「漢文佛經異體字字典編輯方法研究」，旨在探討適用於漢文佛經異體字字典編輯之方法。首先由辭典編輯基礎理論、異體字定義、漢文佛經用字之特殊性幾項關鍵性問題切入，探究漢字字典編輯特性與發展、異體字定義之諸家見解、歷代字書對異體字的處理、既有之異體字專題字典編輯成就、漢文佛經用字之類型、漢文佛經異體字搜錄來源等各項議題，再結合筆者個人二十餘年的字、辭書編輯經驗。進而就漢文佛經異體字字典之內容體例、編輯技術、實務事項等提出構想。係先行建構理論依據，從而推求編輯方法。所提編輯方法構想，在內文編輯體例、字書檢索方面，吸納了歷代字書不斷演化而成之架構，另採用語料庫辭典學的編輯概念，強調收字錄詞、字義說解概以文本之呈現爲主，歷代字書之訓詁爲輔，可謂兼顧傳承與創新。此外，並提出將編輯基礎資料建置爲資料庫之規劃，擬於編輯過程中同時建構佛經文獻、佛經詞彙、佛經用字等各式資料庫，一則，就字典編輯本身，可大爲提昇資料管理與應用之效能，有利於數位化編輯工程，再則，期藉此促成佛經語言文字基礎知識庫之建置，俾便開展後續相關研究及其他工具書之編輯。要而言之，以本文之題名，似屬佛經領域研究，惟其中所提異體字、字典編輯等相關論述，實爲關注整個漢字歷史及漢字字書發展脈絡。

目次

圖表目次

第一章　緒　論

　　傳統漢字研究多著力於《說文解字》（本文中或簡稱「《說文》」）所建構之文字本形本義討論，即便後來興起的古文字研究，仍大致不離既定範圍，近年來，異體字的探討始逐漸受到重視。此一層面之探討，就文字研究而言，可使漢字演變的軌跡更爲完整；就文獻研究而言，彙聚異體字群而加以聯繫，則有助於今人對文獻之識讀。漢文佛經因其生成背景及宗教性質，異體字資料豐富，韓國已見李圭甲先生編纂的《高麗大藏經異體字典》〔註1〕，臺灣與中國大陸目前則僅見零星的整理，尚有發展空間，筆者此以「漢文佛經異體字字典編輯方法」爲題，內容側重於編輯方法之論述，實乃爲漢文佛經異體字之整理方法預作思考。

第一節　研究動機與目的

　　漢文佛經異體字字典，顧名思義，聚焦於漢文佛經中之文字處理，因有特定領域，當屬語文字典範疇中的專科字典。茲由研究動機切入，從需求面說明此典編輯方法研究之意義，再據以延伸出本研究設定達成之目的。

〔註1〕〔韓〕李圭甲《高麗大藏經異體字典》，首爾：高麗大藏經研究所，2000 年。本典收錄 8,110 個正字及相應的 31,913 個異體字，反映漢魏至唐五代佛經用字的實況。

一、研究動機

（一）基於佛經語言研究之重要性

　　佛教傳入中國的時代，至少可以追溯到東漢明帝時〔註2〕，發展至今已有一千九百多年，對中國文化產生了深遠的影響，不僅成爲中國宗教史的核心，在文學、建築、音樂、生活、思想等各方面亦有充分的展現，所以，如果要建構一部完整的中國文化史，絕不能忽略佛教領域的研究，就如同季羨林先生所說：

> 對佛教在中國歷史上和文化史、哲學史上所起的作用，更要細緻、具體、實事求是地加以分析，期能做出比較正確的論斷。這一件工作，不管多麼艱巨，是遲早非做不行的，而且早比遲要好，否則，我們就無法寫什麼中國音樂史、中國文化史。再細分起來，更無法寫中國繪畫史、中國語言學史、中國音韻學史……等等。」〔註3〕。

　　就語言層面來看，佛教滲入漢語的痕跡處處可見，日常用語中如「輪迴」、「機緣」、「執著」，至今仍常見，文學作品中也不時可見佛教領域相關詞語，如「鯨呿鼇擲，牛鬼蛇神，不足爲其虛荒幻誕也」（唐‧杜牧〈太常寺奉禮部李賀詩集序〉）中的「牛鬼蛇神」、「范蠡霸越之後，脫屣富貴，扁舟五湖，可謂一塵不染矣」（宋‧羅大經《鶴林玉露》）句中的「一塵不染」、「消磨了三十多年層層心血，算不得大千世界小小文章」（《鏡花緣》）句中的「大千世界」。而這些源自於佛教的日常及文學作品用語，都必須透過佛教經典，始能明其本義，進而掌握在實際語用中延展出來的引申義。是以，傳世佛教經典的價值不僅止於佛法的傳述，對於漢語研究亦有其無可取代的重要地位，也因此，佛教經典的「可讀性」至爲關鍵。

（二）基於佛經異體字識讀之需要

　　經典的解讀，以識讀文字、理解詞義爲起點，閱讀者對於文字符號若無法正確「解碼」，遑論後續的詮釋，甚而可能導致誤讀。而所謂「解碼」，即

〔註2〕佛教傳入中國的時間至今尚無定論，存在著先秦、秦朝、漢武帝時期、西漢末、西漢末東漢初、東漢初等多種說法。本文取「東漢初」之說。

〔註3〕詳見季羨林〈我和佛教研究〉，載於《佛教與中國文化》（北京：中華書局，1988 年）。

將文字形義加以連結。許慎《說文解字・敘》論文字產生云:「黃帝之史倉頡,見鳥獸蹏迒之跡,知分理之可相別異也,初造書契。」〔註4〕此言倉頡由不同足跡可指向不同種類的鳥獸,體悟到符號的象徵意義,故製造不同文字形體,指向不同的人類意念。且不論倉頡造字之說是否爲眞,從「分理之可相別異也」一句可知,許慎認爲造字原意是以不同形體傳述不同的天象地理、思想意念,因此,文字形體實密切關連於它所承載的意義,是以人們在使用文字時應謹守法則,若任意變異形體或更動筆畫,將使文字喪失藉形載義的功能。然而,在文字使用實況中,一個字在相同時空下,由不同的人書寫、不同工匠雕刻,就可能產生點畫增減、部件變易等一字多形的情況,經過千年的歷時使用,變易幅度必然更加劇烈,故今人在識讀古籍時,常遇到文字解碼上的困難。許慎對於文字變易情形,亦曾見感歎:「以迄五帝三王之世,改易殊體。封於泰山者七十有二代,靡有同焉。」〔註5〕試想,在許慎時代,文字才發展到隸書,便已經必須面對如此多種形體對應一個字位的混亂,其後又經字體由隸變楷,文字在手書、刻印的過程中也持續累積變形,混亂情況勢必更爲嚴重。近代教育部《異體字字典》收錄約十萬字,其中異體字〔註6〕比例逾七成〔註7〕,平均一個正字有 2～3 個異體字,而本典字形基本上局限於歷代字、韻書,如擴及各類經史子集文獻,異體字數必然急速升高。此一現象,充分說明用字實況中一字多形的普遍狀況,相對呈顯了歷代經典解讀的困難,是以,在閱讀經典時,勢必需要借助工具書解決文字識讀的障礙。漢文佛經多爲翻譯文獻,加以其宗教性質及生成之時代背景,異體字現象甚或較其他經典更爲明顯,當然也就需要有專門的工具書。

〔註4〕漢・許慎著／清・段玉裁注《說文解字》(臺北:洪葉文化事業有限公司,1998年)。

〔註5〕亦許慎敘文,引自漢・許慎著／清・段玉裁注《說文解字》(臺北:洪葉文化事業有限公司,1998 年)。

〔註6〕本典〈編輯凡例〉云:「本字典所謂『異體字』,指文獻上同音義而異形之字。」〈編輯略例〉則云:「本字典所稱異體字乃指對應正字的其他寫法。」

〔註7〕根據教育部《異體字字典・編輯說明・編輯略例》:「本字典總收字爲 106,230 字,其中正字 29,892 字,異體字 76,338 字(含待考之附錄字)。」(臺北:教育部,2004 年 1 月,臺灣學術網路十一版)。

（三）基於佛經用字專類工具書之需求

　　觀歷代字書〔註8〕對於上述一字多形的處理，與教育部《異體字字典》的概念大致相同，雖未必明確提出正字、異體字之名稱，惟大致皆有區別主從的概念，於多形中取其一爲「主」，其餘形體自然便歸至「從」的層級，也就是教育部《異體字字典》所謂的「異體字」〔註9〕，如：《說文解字》在字頭〔註10〕說解後另列重文，已經具有呈現一字多形及區隔正字、異體字的編製體例〔註11〕，後如《玉篇》、《廣韻》，亦採取大致相同的體例；另如《五經文字》、《干祿字書》、《集韻》、《四聲篇海》、《康熙字典》等，則將正、異體字並陳於字頭，再行說解各字形間之關係；此外，亦見分別獨立字頭，再以「某之俗字」、「同某」等關聯正、異者，如《字彙》、《正字通》、《字彙補》是也。佛教相關字書如《精嚴新集大藏音》、《龍龕手鏡》，呈現一字多形的方式亦大致不出上述幾種類型，惟近人所編的《佛教難字字典》採用表格方式，於表頭先陳正字字形，正字下方再置各種異體，教育部所編《異體字字典》的陳列方式頗爲類似。簡而言之，《說文》以降的重要字書，大致未忽略溝通一字之多形。其中教育部《異體字字典》，以當代用字聯繫傳統字書所見字形，收錄正、異體字達十萬字，作爲基礎資料的字韻書中亦包含佛經字書，如此是否足以解決閱讀佛經所遇到的文字識讀困難？基於工具書分科的概念，各部工具書根據所設定對象、檢索目的，個自有不同的資料範圍及編輯體例，一般語文工具書與與專科工具書，最大的不同便在資料範圍的劃定，一部以佛經讀者或研究者爲服務對象，以解決佛經解讀問題爲目的的佛教專科工具書，其基礎文獻、

〔註8〕　本文「字書」採較廣定義，泛指解釋字形、字音、字義的書，包含將同聲韻之文字分類編輯者（即一般所稱之「韻書」），以及《康熙字典》以後多以「字典」爲名且工具性較強之現代字書。

〔註9〕　文獻中的一字多形是平行存在，其間並無正、異的層級差異，但這些字形進入字書時，或因規範用字的目的、呈現體例的需要，必須從多形中擇一爲主（正字），其餘則相對爲異體字。但歷代字樣規範不同，正、異層級是會隨之變動的，如於教育部《異體字字典》以教育部常用字標準字體表中的「麵」爲正字，「麪」則爲異體字，《說文》、《干祿字書》則均以从「丏」者爲正。

〔註10〕此處「字頭」係指字、辭典中的領頭字。本文於後續章節對此概念有進一步地闡述。

〔註11〕此處「體例」係指字書固定的資料陳列方式、編寫格式等。

收錄條目及說解均當以佛教典籍為主。以此數項檢驗教育部《異體字字典》，可得下列結果：

1、基礎文獻：該典 62 種基礎文獻〔註12〕中，有《精嚴新集大藏音》、《龍龕手鏡》、《佛教難字字典》3 部屬佛教專門字書，約占總文獻數量之5%。

2、收字：源於教育部標準字體表及 62 種基礎文獻，非專收佛教經典用字。

3、收字說解：字形說解本於《說文》，字義及字音則根據基礎文獻及教育部《重編國語辭典修訂本》，未必含括佛經中的用法。

　　由以上分析可知，即便為體製龐大的教育部《異體字字典》，因畢竟為一般語文字典而非佛教專科字典，就佛經讀解、研究之「解碼」需求而言，仍不敷使用。然而，佛教傳入中國近二千年，除大量的漢譯佛經外，亦見相關工具書編輯成果，難道其中沒有得以滿足上述需求者？事實上，佛教相關工具書之數量尚為可觀，惟多屬詞義及思想義理詮釋。民國以前，如宋代普潤法雲的《翻譯名義集》與普濟的《五燈會元》、明代楊卓的《佛學次第統編》與一如的《三藏法數》皆如是，至於「字」的說解，如唐代《一切經音義》雖以複詞為收錄單位，但釋義中不乏對於字義的溯源及說解，遼代釋行均的《龍龕手鏡》則屬佛經專科字典。至近代，較早期有丁福保《佛學大辭典》

〔註12〕據《教育部《異體字字典》編輯總報告書‧資料篇‧常用參考書目》，62 部基礎文獻為《說文解字（大徐本）》、《說文解字（段注本）》、《校正甲骨文編》、《甲骨文字集釋》、《金文編》、《古文字類編》、《漢語古文字字形表》、《漢簡文字類篇》、《古璽文編》、《漢隸字源》、《隸辨》、《金石文字辨異》、《偏類碑別字》、《碑別字新編》、《玉篇零卷》、《六朝別字記新編》、《敦煌俗字譜》、《干祿字書》、《五經文字》、《新加九經字樣》、《龍龕手鏡（高麗本）》、《龍龕手鑑》、《佩觿》、《玉篇》、《廣韻》、《集韻》、《古文四聲韻》、《類篇》、《精嚴新集大藏音》、《四聲篇海（明刊本）》、《字鑑》、《六書正譌》、《宋元以來俗字譜》、《俗書刊誤》、《字學三正》、《字彙》、《正字通》、《字彙補》、《康熙字典（校正本）》、《康熙字典（新修本）》、《經典文字辨證書》、《增廣字學舉隅》、《古今正俗字詁》、《字辨》、《彙音寶鑑》、《異體字手冊》、《簡化字總表》、《角川漢和辭典》、《韓國基礎漢字表》、《中日朝漢字對照表》、《中文大辭典》、《漢語大字典》、《中國書法大字典》、《草書大字典》、《學生簡體字字典》、《簡體字表》、《佛教難字字典》、《中華字海》、《國字標準字體宋體母稿》、《歷代書法字彙》、《集韻考正》、《重訂直音篇》。

（1922 年）、朱芾煌《法相辭典》（1939 年），另釋自衍〈近二十年來臺灣地區佛教工具書編輯概況〉〔註13〕一文提供了 1987 至 2006 年間臺灣出版之佛教類字、辭典列表（本文係節錄並略作格式調整）：

〔圖表〕1：1987 至 2006 年間臺灣出版之佛教類字、辭典列表（釋自衍）

序號	書　名	編／譯者	出　版　者	出版年
1	佛光大辭典	釋慈怡	佛光	1988
2	佛教難字字典	李琳華（竹林居士）	常春樹	1990
3	基本漢藏梵英佛學術語	林崇安	慧炬	1991
4	佛教思想大辭典	吳汝鈞	臺灣商務	1992
5	南山律學辭典	釋智諭	西蓮淨苑	1996
6	天台教學辭典	釋會旻	中華佛教文獻編撰社	1997
7	重編一切經音義	魏南安	中華佛教百科文獻基金會	1997
8	印順‧呂澂佛學辭典	藍吉富	中華佛教百科文獻基金會	2000
9	現代佛教人物辭典	于凌波	佛光文化	1994
10	梵漢大辭典	林光明、林怡馨	嘉豐	1995

　　綜整前述之各類型佛教工具書，以「字」為收錄單位者有《龍龕手鏡》、《佛教難字字典》，另《一切經音義》因有大量的單字詞解說資料，故亦可視為具有部分字書功能。惟其中《龍龕手鏡》、《一切經音義》編輯年代與今相隔甚遠，對於佛經用字與當代用字之溝通效能十分有限；《佛教難字字典》為近人作品，以《康熙字典》字形為領頭字，與當代用字差異性不大，其溝通效益較佳，但該典內容較簡，且收字來源擴及其他非佛經文獻，嚴格來說，其實無法定義為佛教專科字書。易言之，兩岸目前尚未有佛經用字專科工具書。

（四）基於漢文佛經數位化之用字需求

　　在食衣住行都逐漸「e 化」（使用資訊及網路科技處理事務）的現代，書籍閱讀、文獻研究的平臺，也從建築物中的圖書館逐漸轉移到電腦，文獻電子化蔚為風潮，漢文佛經也不例外，杜正民先生在 1998 年發表的〈當代國際佛典電子化現況：電子佛典推進協議會（EBTI）簡介〉一文提到：

〔註13〕見於香光尼眾佛學圖書館的《佛教圖書館館刊》第 47 期，2008 年 6 月。

國際電子佛典推進協議會（EBTI）會員所從事的各種計畫，可謂
是當代國際電子佛典輸入現況的縮影。因為這一開放性組織，是
由十多個國家從事佛典電子化的學術單位與宗教團體的 100 多位
代表所組成，目前會員人數隨著佛典電子化的蓬勃而隨時在增加
中。〔註14〕

由此文，可推知臺灣佛經數位化行動已有二十年以上的歷史，而文獻數位化不
外乎兩種方式，一為原典掃描，一為文字輸入。前者為紙本文獻原貌之重現，
處理難度不高；後者則須面對文字量龐大、電腦字型有限等諸多問題。根據中
華電子佛典協會之經驗分享，對於文字數量龐大的問題，該協會係以辨識軟體
將影像轉為文字，然後再作人工校對；對於電腦缺字的處理，則大致有幾種途
徑〔註15〕：

1、採用系統字（Big-5）的組字式，用加減乘除等運算符號來表示字構，
其符號範例說明如下表〔註16〕：

〔圖表〕2：CBETA 缺字字構表示符號列表

符號	說　明	範　例
＊	表橫向連接	明＝日＊月
／	表縱向連	音＝立／日
＠	表包含	因＝口＠大、閒＝門＠月
－	表去掉某部分	青＝請－言
－＋	若前後配合，表示去掉某部分，而改以另一部分代替	閒＝間－日＋月
？	表字根特別，尚未找到足以表示者	背＝（？＊匕）／月
（）	為運算分隔符號	繞＝組－且＋（（土／（土＊土））／兀）
［］	為文字分隔符號	羅［日＊侯］羅母耶輸陀羅比丘尼

〔註14〕杜正民，〈當代國際佛典電子化現況：電子佛典推進協議會（EBTI）簡介〉，《佛教
　　　圖書館館訊》第十五期，臺北：財團法人伽耶山基金會，1998 年。

〔註15〕杜正民，〈漢文佛典電子化──CBETA2001 年採用的技術、標準暨解決方案〉，《佛
　　　教與二十一世紀》，臺北：法鼓文化事業股份有限公司，2005 年。

〔註16〕詳見中華電子佛典協會網站：首頁>>檔案櫃>>CBETA 發表文獻>>CBETA 電子佛
　　　典缺字處理──以大正藏為例（http://www.cbeta.org/data/cbeta/rare.htm）。

2、「普及版」中大部分的缺字是以通用字來取代。

3、少部分沒有適當通用字，亦無法組字者，以圖檔呈現。

上述「以通用字來取代」，即爲找出用法相應之字替代電腦缺字，可知進行佛經異體字之整理，找出可替代的當代用字是文字建檔的一種途徑。

二、研究目的

基於前述各項需求，得以肯認漢文佛經用字整理有其必要性，而漢文佛經異體字字典的編輯，正可作爲用字整理之手段。惟字典編輯爲浩大工程，非筆者個人可獨立進行，故完成內容編輯絕非本論文所能企及之目標，本文所設定的現階段目標如下：

（一）提出具有理據且切實可行之編纂規畫

從佛經之解讀與研究、佛經語言之研究、漢語史之建構等各層面觀之，漢文佛經語言工具書之編輯確有其必要性；而就漢語「字即詞」的特色而言，「字典」的編輯有其重要性；又面對歷代文獻中「一字多形」的現象，以當代用字爲綱領收編異體字，則有其實用性。總結上述，「漢文佛經異體字字典」之編輯當兼具文化及實用層面之價值。然而，一部稍具規模的字典，無法以一人之力完成編輯，故本文僅能提出較爲具體的編輯規畫，爲可能執行的編輯工作奠定基礎，日後所提編輯規畫若得以實踐，所構想之字書得以編成，則預期至少可達到下列目的：

1、溝通當代習用字與佛經用字，有助於佛經之解讀與研究，並提供當代佛經新編、整理之用字參考。

2、記錄歷代佛經用字，有助於建構佛經語言歷史之一環，並有助於一般語文字書補充漢字字形及考訂字形演變脈絡。

3、說解佛經用字字義，有助於佛經之解讀與研究，並有助於部分漢語字源之考查。

4、建構佛經語言研究所需之文獻、文本、字詞等基礎資料庫。

（二）實踐筆者個人二十年來累積之辭書編纂心得

字典編輯多爲屬長程計畫，資源的估算、執行過程的控管等，均與計畫之成敗息息相關。而此實務層面規劃的能力，則必須在實際參與編輯工作的

過程中逐漸累積。筆者自 1996 年參與教育部線上字、辭典編輯至今，便累積了二十餘年的相關心得，可傾注於本論文之編纂規劃。回顧筆者於 1996 年取得碩士學位，便進入教育部國語推行委員會〔註 17〕參與線上字、辭典編纂工作，2013 年該委員會因政府組織改造併入其他單位後，又隨辭典業務之移轉，改至國家教育研究院任職。此段近二十年之職涯，或深或淺地參與了教育部現有五部國語字、辭典之編輯，投入較深的工作項目有：《異體字字典》基礎文獻蒐錄、異體字形初審；《成語典》釋義及典故說明等內容撰寫、典故原文句讀、檢索系統重製；《國語小字典》收字及附圖增錄、釋義內容撰寫；《國語辭典簡編本》例句改善計畫研提；《重編國語辭典修訂本》修訂計畫研提、修訂凡例撰寫。回顧這一路走來，從局部工作的執行到整體編務的規劃，似乎永遠是挫敗大於成就，或者體認到自身在中文系所中七年的學習不夠紮實與深入，或者必須解決其他陌生的語文專業問題，又或者得面對完全不曾接觸的管理、資訊技術，於是，只能不斷地在錯誤中得到教訓，並因應實務需要加強個人知能。

　　在上述近二十年的實務歷練中，經過屢次為解決所面臨障礙之反覆思考，筆者對於辭書編纂的方法，無論是內容或實務部分，或多或少累積了一些個人心得。今日有此機緣再次涉入純學術領域，期能藉此論文寫作機會，一方面將博士班之研讀成果作一總結，一方面彙整於實務界累積之辭書編輯心得。

第二節　文獻回顧

　　本文研究涉及領域包含漢文佛教專科字書、漢文佛經異體字、字辭書編輯方法，此將就上述三個面向進行相關文獻之回顧。

一、相關佛教字書編輯概況

　　誠如本章第一節之概述，歷代佛教工具書多屬詞義及思想義理詮釋，較符合字書性質之重要工具書有《一切經音義》、《可洪音義》、《龍龕手鏡》、《佛教難字字典》等，此擬先就這幾部字書進行分別的了解，接著再歸納整體概況。

〔註 17〕教育部國語推行委員會於 2012 年底裁撤，原有任務部分併入教育部終身教育司，部分轉移至國家教育研究院。

（一）《一切經音義》等五部字書個別編輯概況簡介

1、唐・釋玄應《一切經音義》（《玄應音義》）

玄應為唐代僧人，《續高僧傳》卷三十云：「京師沙門玄應者，亦以字學之富皂素所推，通造經音甚有科據矣。」據聞，其人博聞強記，深諳音韻、文字、訓詁之學。唐貞觀 19 年（645），玄奘歸自西域，成立譯場，玄應曾參與譯經，披讀佛經數百，逐部收詞及解說音義，編成《一切經音義》，世亦稱《玄應音義》。其成書年代，學術界說法不一，據徐時儀先生之推論，玄應卒年「不可能早於顯慶五年（660），而只能是在龍朔年間（661～663），玄應音義的成書年代亦不會晚於此時」〔註18〕，且至其示寂，此書仍尚於編纂階段，故「在某種程度上我們可以說《玄應音義》實際上尚是一部未及完成的初稿」〔註19〕。其成書後存於釋藏，今所知之較早釋藏本有敦煌及吐魯番遺書所存唐寫本殘卷、宋代磧砂藏本、趙城廣勝寺的金藏本（今《中華大藏經》之底本）。在釋藏本外，尚有清順治十八年的刻本、乾隆年間莊炘、錢坫與孫星衍合校的莊本、嘉慶年間阮元將莊炘等人合校之莊本納入《宛委別藏》、道光年間的古稀堂刻本和潘仕成翻刻莊本所成的《海山仙館叢書》本、同治年間曹籀的莊本覆刻本。此外，本書曾傳至高麗，日本於奈良時代亦已見流傳，故今於日本當地尚留存有部分古抄本。

今所見版本為 25 卷，書中釋佛教經、律、論凡 442 部，各卷收釋之佛經數量不一。其將摘自相同佛經之詞語加以彙聚，再逐一訓釋音義，其中並大量徵引漢籍及相關注疏，如《說文》、《三倉》、《字苑》、《字林》、《聲類》、《通俗文》等，以及《尚書》、《論語》、《春秋傳》與三家《詩》之注疏。茲就此書內容列舉數例如下：

【罣礙】《字畧》作罫，同，胡卦反。網礙也。下，古文硋，同，五代反。《說文》：礙，止也。又作閡。郭璞以為古文礙字，《說文》：

〔註18〕徐時儀〈一切經音義三種校本合刊緒論〉，引自《一切經音義（三種校本合刊）》（上海：上海古籍出版社，2008 年）。本文多處引用此文，以下出版訊息均同，概略之。

〔註19〕徐時儀〈一切經音義三種校本合刊緒論〉，引自徐時儀《一切經音義（三種校本合刊）》。

閹，外閉也。經文作尋，音都勒反。案衛宏詔定《古文官書》尋、
得二字同體。《說文》：得，取也。《尚書》「高宗夢尋說」是也。尋非
此義也。（卷一）

【衣鞞】《三蒼》：而用反。《說文》：鞞鞏，軞飾也。或作毪，而容
反，謂古貝垂毛也。或作毦，人志反。《廣雅》：栜毦，罽也。織毛
曰罽。三形通，取於義無失。經文作茸，而容反。《說文》：茸，草
草也。茸非此義。（卷二）

【振旦】或言眞丹，並非正音，應言支那，此云漢國也。又亦無正
翻，但神州之總名也。（卷四）

2、唐‧釋慧琳《一切經音義》（《慧琳音義》）

慧琳亦爲唐代僧人，據《宋高僧傳》，其俗姓裴，於印度之聲明、中國之
訓詁，無不精奧〔註20〕。其人之《一切經音義》，據景審序言，寫成於元和二
年（807），《宋高僧傳》則云「迄元和五載（810）」，兩者說法不一，徐時儀
先生以爲前者之說較爲可信〔註21〕。其成書後存於西明寺中，未見有製版印
行之跡，惟當有抄本流行，故希麟得以再續爲《希麟音義》，行均之《龍龕手
鏡》中亦見徵引，元代以後則似已亡佚，未見留存跡象。至於在海外的流傳
情況，歷來說法不一，據徐時儀先生之考證，或於遼咸雍八年傳至高麗，經
製版印行爲海印寺刻本，收入《高麗藏》，後日人取自高麗，翻刻爲獅谷白蓮
社刻本，清代楊守敬、丁福保赴日訪得，攜回中國境內。是書現存於《大正
藏》（臺北：新文豐出版公司）、《中華大藏經》（中華書局），另臺灣大通書局
於 1970 年印行日本京城大學翻刻的《麗藏》本，上海古籍出版社於 1986 年
以獅谷白蓮社本爲據印行含希麟續本的《正續一切經音義》，又於 1994 年出

〔註20〕《宋高僧傳》卷五：「唐京師西明寺釋慧琳，姓裴氏，疏勒國人也。始事不空三藏
　　　　爲室灑，內持密藏，外究儒流，印度聲明、支那詁訓，靡不精奧。嘗謂翻梵成華，
　　　　華皆典故，典故則西乾細語也。」按：（1）有關「室灑」，宋‧普潤法雲《翻譯名
　　　　義集》：「舊翻弟子，新云所教。」丁福保《佛學大辭典》：「S/is!ya，譯曰所教，弟
　　　　子之義也。《求法高僧傳》上曰：『室灑，譯爲所教。舊云弟子，非也。』」（2）有
　　　　關「西乾」，丁福保《佛學大辭典》：「印度之異名。」

〔註21〕詳徐時儀〈一切經音義三種校本合刊緒論〉，引自徐時儀《一切經音義（三種校本
　　　　合刊）》。

版的《佛藏要籍選刊》中有《大正藏》本，北京團結出版社 1993 年出版的《辭書集成》中則有日本頻伽精舍藏本的校刊本，臺灣中華佛教百科文獻基金會 1997 年出版據《大正藏》及上海古籍出版社印行之獅谷白蓮社本修訂而成的《重編一切經音義》。高麗則有《麗藏》本，日本有獅谷白蓮社本、《頻伽藏》、《弘教藏》本等。

　　今所見版本爲 100 卷，書中釋佛教經、律、論凡 1300 部，始自唐玄奘譯的《大般若波羅蜜多經》，終於唐義淨撰的《護命放生法》，其中三百餘部轉錄自《玄應音義》再加以增修，另有一百三十餘部僅錄佛經名稱及注明「無字」、「未音」、「無字可音」、「無字可訓」，未收釋任一詞語。總計收錄三萬一千餘詞語，與《玄應音義》重疊者計七千餘條。其詞語編排同《玄應音義》，將摘自相同佛經之詞語加以彙聚，各卷之佛經數量亦不一，佛經序次則依圓照的《貞元入藏錄》〔註 22〕，各典詞語則依所在卷數排列，遇未摘錄詞語之卷數，則僅標卷數或再加注「無訓釋」。釋義中亦大量徵引漢籍及相關注疏，引書總計約七百種，且多見久佚不傳之作，如《廣倉》、《字統》、《字指》、《字書》、《韻略》、《韻詮》、《纂韻》、《韻英》、《桂宛》、《珠叢》、《文字集略》、《開元文字音義》。至於傳世之書，則常併及注疏及案語，如引《說文》聲義並載，引《玉篇》併及顧野王案語，引《國語》或及唐固注，引《孟子》則併附劉熙注，提供後世極爲豐富的訓詁材料。茲就此書內容列舉數例如下：

　　【阿耨達】奴祿反。正梵音云阿那婆達多。唐云無熱惱池。此池在

〔註22〕有關《慧琳音義》中佛經的序次，《續一切經音義》之希麟自序云「依《開元釋教錄》」，丁福保（見《重刊正續一切經音義·序》）及陳垣（見《中國佛教史籍概論》卷四）亦採此說，惟徐時儀加以比對後認爲：「實際上並未嚴格悉依《開元釋教錄》」入藏目錄的次序排列，往往大致按佛經書目和卷次順序編排而又有所調整和增補，不僅前後次序有所變動，而且穿插了《開元錄》未收錄的二百多部經。」又云：「考慧琳編纂《一切經音義》時，圓照已在《開元錄》的基礎上於貞元十六年（800）編成《貞元錄》，比《開元入藏錄》多收 182 部佛經。《貞元錄》是當時官定經錄，依據當時的皇家官藏編定，具有一定的權威與示範作用，慧琳既然要爲一切經編纂音義，自然要依據這部新編成的經錄。……但也未完成依據《貞元入藏錄》，而是有所取捨，刪略了他認爲不必爲之撰寫音義的一些佛經，增補了他認爲當時人們經常誦讀而有必要爲之撰寫音義的一些佛經。」（詳徐時儀《一切經音義（三種校本合刊）·緒論》）本文採徐時儀之說。

五印度北，大雪山北，香山南。二山中間有此大池。縱廣五十踰繕那，計面方一千五百里。於池四面出四大河，皆共旋流，遶池一匝，流入四海。東面出者名私多河，古譯名斯陀河，南面者名兢伽河，古名恒河。西面出者名信度河，古名辛頭河。北而出者名縛蒭河，古名博叉河。此國黃河，即東面私多河之末也。此方言無熱惱者，龍王福德之稱也。一切諸龍皆受熱砂等苦，此池龍王獨無此苦，故以爲名也。（卷一）

【纏裹】上直連反，下古火反。《玉篇》：裹，苞也。《說文》：裹亦纏也。上下從衣，果聲。（卷二）

【荏苒】上而枕反。《考聲》云：草荏苒者，漸次相因。經歷時日謂之荏苒。經作茻，俗字也。（卷四）

3、遼·釋希麟《一切經音義》（《希麟音義》）

希麟爲遼代僧人，據所撰《續一切經音義》之自序，時《契丹藏》主要主持者無礙大師「見音義以未全，慮檢文而有闕」，故委希麟作此書，就慧琳《一切經音義》成書後新翻的一百多部佛經進行收詞及加以闡釋，所釋佛經均爲無礙大師所編《續開元釋教錄》中收錄者。丁福保《佛學大辭典》云：

> 《慧琳音義》，依《開元釋教錄》，從《大般若經》起，至《護命法》止。惟自《開元錄》後，相繼翻譯之經論，及拾遺律傳等，皆無音義，故麟師續之。從《大乘理趣六波羅蜜多經》起，至《續開元釋教錄》止，總二百六十六卷。

此書約撰於宋雍熙四年（987），成書後收於刊刻於燕京的《契丹藏》，惟受限於當時契丹書禁，無法外傳，故宋境未見流傳，反倒隨《慧琳音義》一併流至高麗，被收入《高麗藏》，又由此傳至日本，再輾轉由清人楊守敬攜回中國境內。其後各家刊行《慧琳音義》時亦大致亦併同之。

此書計有 10 卷，係就《慧琳音義》成書後新翻的一百多部佛經進行收詞及加以闡釋，因而二書可說大致總合了當時佛經中必要解說之音義。又其所釋佛經，均爲無礙大師所編《續開元釋教錄》中收錄者，編輯體例則大致依循《慧琳音義》。茲就此書內容列舉數例如下：

【補陀落迦】亦云補怛洛迦，舊云寶陀羅，皆梵語楚夏也。此云小
花樹山，謂此山中多有此花樹，其花甚香，即南海北岸孤絕山，觀
自在菩薩所居宮。（卷一）

【寋訥】上九輦反。《說文》：語吃也。從言寋省聲。或作謇。經文
從足作寋，足跛也，非此用。下奴骨反。《字書》：亦謇也。（卷四）

【竦豎】上息棋反。《爾雅》曰：竦，懼也。《切韻》：敬也。顧野王
云：上也，跳也。《國語》云：竦善抑惡也。下又作豎，同。臣庾反。
庾音以主反。《玉篇》：立也。又童僕之未冠者。（卷六）

4、五代後晉・可洪《新集藏經音義隨函錄》（原名藏經音義隨函錄》，略稱《可洪音義》）

可洪自稱漢中沙門，生平事蹟不詳，所撰音義，據〈藏經音義隨函前
序〉，起稿於後唐長興二年而完成於後晉天福五年（931～940），前後歷時十
年。今未見單行文本流通，宋代以後刊刻的藏經亦無收納，僅於再雕版《高
麗大藏經》中存有孤本。惟近年出土的敦煌遺書中，見有少量抄本資料，其
版式與《高麗藏》之孤本相同，學界普遍相信，此書在宋初曾經刊板流通於
漢地，可能至元代尚有流傳。

《可洪音義》共 30 卷，其內容依根據大藏經順序，依次摘錄其中難讀難懂
的語詞，注以讀音、含義，兼辨字音及字形正訛。茲就《可洪音義》〔註 23〕內
容列舉數例如下：

　　邠祁　與休字同也，宜作耪也。又音者，悇。（卷二）

　　瓌瑋　上古迴反，下爲鬼反。大皃也，美也，盛也。（卷十三）

　　撓門　上苦交反，正作敲也（卷二四）

相較於《一切經音義》，此書釋音重於釋義，詞目多只辨音辨形而不辨義，
又或釋義較簡，且不引書證。萬金川先生歸納其獨特性有三個方面〔註 24〕：

〔註 23〕採用 CBTA 數位化資料。紙本來源爲《高麗大藏經》（臺北：新文豐出版公司，1982
　　　　年）。

〔註 24〕萬金川〈《可洪音義》與佛典校勘〉（《漢傳佛教研究的過去現在未來》，宜蘭：佛
　　　　光大學佛教研究中心，2015 年 4 月）。

（1）本書係對一部以《開元錄‧入藏錄》為架構而部帙完整的寫本「大藏
　　經」進行審音、定形與釋義。

（2）審音、辨形與釋義直截了當而鮮見書證，似乎是特別著眼於當時閱藏
　　者的實際需求。

（3）所參用的藏經版本高達 16 種，同時作者本人又兼具強烈的版本與校
　　勘意識。

5、遼‧釋行均《龍龕手鏡》（或稱《龍龕手鑑》）

　　釋行均為遼代僧人，字廣濟，俗姓於氏，其所編寫之《龍龕手鏡》，係專
為佛經研讀所作。成書後因契丹書禁，至宋神完熙寧年間方傳入宋境，另亦
傳至高麗，收入《高麗藏》。中國境內，傳世最早的是沈括《夢溪筆談》所錄
的宋刻本，因避宋太祖趙匡胤翼祖趙敬之諱，改刻為《龍龕手鑑》。今較重要
的宋本為汲古閣舊藏本、清內府天祿琳琅藏本、《四部叢刊》本（據雙鑒樓舊
藏 3 卷殘本配上涵芬樓藏第二卷影印行世，書名均作《龍龕手鑑》。至於傳於
高麗之版本，則維持原《龍龕手鏡》之名，後日本京都的京城帝國大學有合
併影印韓國金剛山榆岾寺藏本（第 1 卷）及日本京城崔南善氏藏本（第 3、4
卷）之版本（卷 2 缺），1985 年中華書局又據以印行，所缺卷數以涵芬樓藏
本補之。

　　此書有 4 卷，以《一切經音義》為收字來源之一，另還擴及其他文獻資
料，共計收錄二萬六千餘字。收字編排係以字形部首為據，共分二四二個部
首，數量較之東漢許慎《說文解字》的五百四十部大為減少，部首字之序次
亦未依許慎「據形繫聯」、「始一終亥」的體例，而是以平、上、去、入四聲
為序，計平聲九十七部，上聲六十部，去聲二十六部，入聲五十九 59 部。每
部中之收字亦依四聲排列，於每字下釋其音義，該字若另見其他形體，則一
併蒐羅之，並予區分正體、俗體、古體、今字、或體，反映了當時俗寫成盛
行的實況，同時留下俗寫異體研究的重要參考資料。另其釋義中之徵引文獻
達六十餘種，除釋藏佛經外，另及漢土經史子集、音韻書等，亦堪稱繁富。
茲就《龍龕手鑑》〔註25〕內容列舉數例如下：

〔註25〕本文所用《龍龕手鑑》為上海商務印書館於 1934 年印行之《四部叢刊（續編）》
　　　　本。

罣今罫正。胡卦反，礙也。又古賣反，一，尋也。二。（卷二）

罫古惠反，卦也。（卷三）

苒苒上，而審反，一菜也，又一苒也。下，音染，草盛兒也，又

——，展轉也。（卷二）

〔按〕聯綿詞用字逕以該聯綿詞作爲條目。

竦息拱反，敬也，執也，跳也，不善抑惡也。（卷三）

耨俗耨正。奴豆反，鋤也，除草器也。又奴沃反。二。（卷三）

6、竹林居士《佛教難字字典》

竹林居士，俗家姓名李琳華，所編著之《佛教難字字典》於 1988 年由臺北的常春樹書坊出版〔註26〕。據其〈緒言〉：「難字是指佛經中讀解困難的中文字。亦就是音、義難解的字以及在字形方面變體的字。」惟再就其〈例言〉，本書實不僅收錄佛經用字，收字範圍包含佛教書籍、中國古籍等各種版本或手抄本中的難字〔註27〕，其中除《細字法華經》及手抄經文本外，另有龍啓瑞的《字學舉隅》、松本愚山的《省文纂考》、《諷誦集》（手抄本）、羅振鋆及羅振玉的《增訂碑文》、羅振玉的《碑文拾遺》、羅福葆的《碑文續遺》、《集韻》等字韻書中的古、籀文等、則天文字〔註28〕。

〈緒言〉中並提及，本書共收錄 4,294 個基本字，以及 15,441 個佛經及其他經典的難字及異體字，其「基本字」係以《康熙字典》之字體爲主。其內文爲直式表格陳列，分爲 3 列，各列內容分爲：

第 1 列：陳列基本字，依部首、筆畫順序編排，字形上方標其流水序號，下方則標其部首外筆畫數。字形右側則以注音符號標示字音。

第 2 列：陳列字義，若爲多義，以①、②、③……標注義項序號。

〔註26〕釋自衍〈近二十年來臺灣地區佛教工具書編輯概況〉標示本典出版年代爲「民 79」（1990），經查，此已屬再版，初版年代應爲民國 77 年（1988）。

〔註27〕詳該書〈例言〉，見於《佛教難字字典》（臺北：常春樹書坊，1990 年）。本文《佛教難字字典》概採此版本。

〔註28〕可詳參《佛教難字字典·凡例》中之完整書目（《佛教難字字典》，臺北：常春樹書坊，1990 年）。

第3列：陳列對應基本字之佛經及其他經典難字、異體字，字形右下方則
標示字形所出文獻代號。

茲列舉「人」部中之局部書影為例：

〔圖表〕3：《佛教難字字典》「人」部書影

（二）《一切經音義》等五部重要字書編輯概況綜述

承上述，此5部工具書各有不同的時代背景、編輯環境、編輯目的，就其
成果觀之，各書雖有其相異之處，惟亦有共性，分述如下：

1、可概分為詞彙典與用字典

就《一切經音義》等5部工具書之內文體例加以歸納，大致可區分為兩種
類型：

（1）佛經詞彙典：以說釋佛經詞彙音義為編輯目的，以複詞為主要收錄單
位，各詞條下就詞目整體或各別用字說解音、義，《一切經音義》系
統工具書屬之。

（2）佛經用字典：以字（單字詞）為收錄單位，各條目下亦見字義、字
音之說解，惟另著重於不同字形的呈現，《龍龕手鏡》、《佛教難字字
典》屬之，惟後者更明確地以蒐羅異體為目標，故其呈現體例係優
先陳列「基本字」，再以其統領其下諸多字形。

2、收錄內容兼含非專屬佛經之用法及字形

就《一切經音義》、《龍龕手鏡》(《龍龕手鑑》)、《佛教難字字典》等名稱觀之，此 5 部工具書均屬佛經專科工具書，惟如《佛教難字字典》明言收字範圍包含其他文獻，《一切經音義》一併收錄漢譯佛經中使用之漢土一般詞語，《龍龕手鏡》(《龍龕手鑑》)之字義收錄未僅針對佛經用法，是以，各部工具書中實皆含有非屬佛經專用之用語及用字，且比率不低，徐時儀就《玄應音義》收詞類型之統計即反映了如此狀況〔註29〕：

〔圖表〕4：《玄應音義》收詞類型統計表（摘錄自徐時儀〈一切經音義三種校本合刊緒論〉）

卷一收詞類型	數量	比例
普通詞語	235	61%
外來詞	117	31%
專科詞	31	8%
總　計	383	100%

收自《正法華經》之詞語類型	數量	比例
普通詞語	136	89%
外來詞	3	2%
專科詞	13	9%
總　計	152	100%

3、保留了大量的異體字資料

此 5 部工具書，無論以字或複詞爲收錄單位，均可見大量的古今字、正俗字、異寫字等用字訊息，茲分述其不同呈現方式如下：

（1）《一切經音義》：詞頭僅列一種用字，惟於釋義中可見以「又作」、「或作」、「經文作」等用語反映實際用字中之不同形體。

（2）《龍龕手鏡》(《龍龕手鑑》)：《一切經音義》爲其收字之重要來源之一，惟呈現體例有所不同，玄應等於釋義內容中提及之或體，行均皆列於字頭，並分別標示爲正體、俗體、古體、今字、或體等，突顯了一字多形的用字實況，惟仍屬形、音、義並重之字書。

〔註29〕所列 2 表均摘自徐時儀〈一切經音義三種校本合刊緒論〉，可詳見徐先生《一切經音義（三種校本合刊）》。

（3）《佛教難字字典》：本典同樣突顯了一字多形的狀況，且進一步強調
字樣觀念，以「基本字」爲綱領，統攝實際用字中之諸多異體，各
異體字下又標示字形出處，有助於讀者辨識來源。另就其字表格式
以及音、義說明字體偏小等編排，可知本典係以字形爲呈現重點。

　　綜整此 5 部佛經工具書之收錄內容、編輯樣態，無論是以音義或字形爲
呈現重點，編輯目的不外乎爲對佛經解讀有所助益，另其中正俗用字區分、
基本字標誌等體例，則又透露著樹立字樣的規範用字概念，亦爲佛經異體字
字形之重要搜錄來源。

二、佛經異體字研究概況

　　從《說文》「重文」的體例，可知漢字一字多形的情形存在已久，文字學
家早已注意到，也在字書中留了紀錄，但縱觀漢字研究的漫長歷史，「異體字」
則是發展未久的專題。蔣禮鴻先生在〈中國俗文字學研究導言〉一文提到：

> 前人研究漢字，眼光大抵注射在小篆以上古文字，一部丁福保輯的
> 《說文解字詁林》所收納的著作達 1036 卷之多，就說明這一點。至
> 於隸書以下的文字研究，前人就不曾很好地、系統地做過。《隸釋》、
> 《隸辨》、《碑別字》、《宋元以來俗字譜》一類的著作，單和《詁林》
> 的數量比一比，就要黯然失色。〔註30〕

蔣先生揭示了漢字研究著重於《說文》學的實況，鼓勵學者應當專力於俗字研
究，以建構完整的漢字演變歷史。而相對於俗字，異體字是更大的範疇，在以
《說文》爲主體的研究風潮下，相關研究確實明顯偏少，近年來始逐漸受到稍
多關注。在佛學領域中，語言研究則以詞彙探究爲主要趨向，異體字則多涵蓋
於異文的研究中，以異體字爲題者較罕見，茲就筆者所見，略舉數例如下：

（一）佛經異文研究

　　1、學位論文：如易咸英先生於 2009 年發表的《《妙法蓮華經》異文研究》
（長沙：湖南師範大學，碩士論文），以《大正藏》中的《妙法蓮華經》爲底本，
與《妙法蓮華經》寫本進行比對，再採《慧琳音義》、五代後晉可洪的《新集藏

〔註30〕詳見蔣禮鴻〈中國俗文字研究導言〉，載於《杭州大學學報》（杭州：杭州大學，
　　　　1959 年 3 月）。

經音義隨函綠》據以理校,此外,亦將《大正藏》每頁頁尾陳列的異文納入研究對象,分從「文字學上的異文」和「校勘學上的異文」探究異文類型、形成原因及其意義,進而將《妙法蓮華經》的異文歸納爲「正字和俗字」(包括通字)、「繁體字和簡體字」、「古字和今字」、「正確字和誤字」、「本字和通假字」五種類型,其中「正字和俗字」類之「正字」判斷依據,可見《干祿字書》、《玉篇》、《龍龕手鑑》等不同時代的字書。2015 年劉芬先生發表的《津藝藏《妙法蓮華經》五代寫卷異文研究》(南京;南京師範大學,碩士論文),採取類似的研究方法,並同樣以《大正藏》中的《妙法蓮華經》爲對象,再與五代寫卷(天津市藝術博物館收藏)作比對。兩位先生均期其研究成果可用於補充《大正藏》的異文資料,同時校勘《大正藏》中的錯誤,另又爲《漢語大詞典》的編寫提出增補意見。2007 年劉鋒先生發表的《支謙譯經異文研究》(杭州:浙江大學),則以《大正藏》中支謙譯經的十種版本異文作了研究,其中提出的「音誤字」(文獻中偶見的同音別字),使異文間的字際關係更爲清楚,所陳列的同義詞組,則有助於同音異形詞的聯繫與訓詁。2015 年任璐先生的《《說無垢稱經》異文研究》(貴陽:貴州師範大學,碩士論文)以《大正藏》的《說無垢稱經》爲底本,與《中華大藏經》、《房山石經》的版本進行比對,同樣就其中異文進行辨證,其次又提出同經異譯比對的方法,並以支謙譯《佛說維摩詰經》和鳩摩羅什譯《維摩詰所說經》作爲比對實例,展現了異文研究的另一面向。

2、期刊、會議論文:2004 年景盛軒先生於《敦煌研究》發表〈試論敦煌佛經異文研究的價值和意義──以《大般涅槃經》爲例〉一文,以敦煌寫本《大般涅槃經》爲例,分別從異文與佛經整理、異文與漢語史研究、異文與漢字史研究以及異文與文化史研究四個方面,論述了敦煌佛經異文研究的重要價值和意義。景先生認爲敦煌佛經傳抄時代距離譯經時代較近,而且有不少佛典是在譯出後不久就抄寫流傳到敦煌的,因而可能比後世刻本更接近佛典原貌。文中並將敦煌佛經異文分爲「校勘學意義上的異文」、「文字學意義上的異文」(主要是通假字和異體字),對於本文異文與異體字之釐析有啓發作用。2008 年黃仁瑄於《語言研究》發表〈高麗藏本《慧苑音義》引《說文》的異文問題〉,將高麗藏本《慧苑音義》中徵引《說文》的部分,與陳昌治本《說文》加以對比,從 23 例中列舉出 20 個異文字例,認爲這些異文應該在

一定程度上和一定範圍內，反映了慧苑時代漢語言文字的面貌。2010 年譚翠於「百年敦煌文獻整理研究國際學術討論會」發表〈敦煌文獻與佛經異文研究釋例〉，對比寫本佛經與現行刻本大藏經，取其中所得異文，說明寫本對於佛經校勘整理的重要價值和意義。2017 年王雲路於「第十一屆漢文佛典語言學國際學術研討會會議」發表的〈中古佛經寫本與刻本比較漫議〉，亦提出相同面向的論述，其論點可互爲參照。

（二）佛經及佛經音義書異體字研究

　　1、學位論文：多數學者將異體字納入異文研究範圍，異體字專題研究較少。2006 年劉雅芬先生發表《慧琳《一切經音義》異體字研究》（臺南：成功大學，博士論文），就異體字之名義、發展與研究、類型加以論述，建立分析基礎，然後歸納《慧琳音義》正、異體字相關之編輯體例，進而經量化方式得出以下結論：「以通用的異體字佔最多。說明，慧琳雖然在正體字觀上遵從《說文》，但仍能因時審度，對於當時通行的文字，著錄說明。」〔註31〕本篇論文並彙整《慧琳音義》異體字 1,172 組列於附錄，可用以驗證正文中所提種種歸納，更爲後續相關研究提供可資應用之基礎材料。2010 年，同樣由中央大學萬金川先生的 3 位指導學生，分別發表了相關論文：一爲蔡秋霞先生發表的《《金粟山大藏經》殘卷之異體字研究——以上圖藏本爲中心》（桃園：中央大學，碩士論文），以北宋初年的手抄本《金粟山大藏經》作爲研究對象，就其中異體字加以分析，歸納爲筆畫變異、部件變易、部件混用、整體變異、書法變化幾類，並認爲本藏經雖爲手抄本，但因宋朝版刻漸盛行，字體已漸統一，書寫有所遵循，故即便爲異體字，大多爲傳承字；第二部爲吳碧眞先生發表的《《紹興重雕大藏音》字樣研究》（桃園：中央大學，碩士論文），題名爲「字樣」，惟非聚焦於規範字體，而實綜論《紹興重雕大藏音》之正字與異體字，且集中於異體俗寫字的整理與分析；第三部則爲紀韋彤《廿博 001（法句經下）字樣研究》（桃園：中央大學，碩士論文），亦以「字樣」爲題，論述《法句經》寫本中的異體字，並透過靜態與動態分析，進一步探究寫卷生成的可能年代。

　　2、期刊、會議論文：2011 年蔡忠霖先生於《東吳中文學報》發表〈寫本

〔註31〕劉雅芬，《慧琳《一切經音義》異體字研究》（臺南：成功大學，博士論文）。

異體字構字部件形體變異研究〉，基於寫本最能反映古時文字書寫實況之價值，以敦煌寫卷 S.388 號為異體字探錄文本，然後由文字部件切入分析，然後加以歸納，進而與唐代字樣書中所載的俗訛字作比對，透過如此過程探討字形的變異、文字的演化以及不同載體的文字特色等。同（2011）年，韓國籍的鄭蓮實先生於「第二屆佛經音義研究國際學術研討會」發表〈玄應《一切經音義》的「非體」〉，指出《玄應音義》中所謂「非體」，包含異體俗字及假借字，並依據非體與正字的關係，將非體分為「正字的假借字」、「正字的異體字」、「既非假借亦非異體」三類，分別列舉字例加以分析。同場會議另有毛遠明發表〈《玄應音義》中「非」類字研究〉，則歸納為異體字、同形字、通假字、區別字、借音記錄外來詞五類，其中「異體字」明確定義為「文字系統中形體不同而所記錄的詞義完全相同的一組字」〔註32〕。

　　大抵來說，眾家學者對於漢文佛經異文投入了較多關注，相對地，也有較多的著作，至於異文研究的方法，多為擇一典籍之一種版本作為剖析對象，再擇其他異本作用字比對，然後就所得異文進行分析，且多著重於經籍校勘層面上意義，就異文所在文句探討文義，或斟酌異文與其上、下字之關聯性，以理校方式推斷出正確用字。換句話說，在異文研究中，雖以用字為探討對象，但釐清用字之目的在於正確理解經義，文字本身並非關注的對象。定焦於異體字者，則屬文字學研究範疇，或將佛經異體字置於漢字發展脈絡中加以探討，又或為剖析佛經音義書之體例及編者之文字觀點。如劉雅芬先生於2006 年提出的博士學位論文《慧琳《一切經音義》異體字研究》，對於「異體字」一詞的內涵作了梳理，不但依歷史發展的脈絡比較了各家說法之同異，並說明異體字在不同時期的生成狀況，再述及當代異體字相關學術研究，然後就文本進行用字分析，其章節安排如下：

章　數	標　題	內　容　概　要
第一章	緒論	包含研究動機與目的、研究步驟與方法 2 節
第二章	慧琳《一切經音義》概論	分述其作者與成書經過、內容與編撰體例、流傳與版本及該書於漢語研究之意義，計有 4 節

〔註32〕毛遠明〈《玄應音義》中「非」類字研究〉（《佛經音義研究：第二屆佛經音義研究國際學術研討會論文集》，南京：鳳凰出版社，2011 年。

第三章	「異體字」綜論	詳述「異體字」之名義、發展與研究史、分類概念等，計有 3 節
第四章	慧琳《一切經音義》「正字」綜論	分析該書「正字」之釋例、探源及缺失，計有 3 節
第五章	慧琳《一切經音義》「異體字」釋例	歸納其異體字用語及異體字生成類型（分有因簡省、增繁、遞換、訛變、複生與造字意識不同而生成等 5 種類型），計有 6 節
第六章	結論	無分節

本論文另又全面彙整了《慧琳音義》中之異體字，加以列表，表中除陳列字形，並含慧琳自身所採「古文」、「或字」、「正體」等用語，作者還另行對比《說文》字形，提出自身對於異體成因之歸納類型，此系統性的分析歸納，示範了從文本中篩取及析解異體字之路徑。

經彙整相關研究，大致可知佛經異體字在此十數年已受到部分研究者的關注，雖未蔚為風潮，但也逐漸累積了部分佛經的分析成果，且這方面的研究仍在持續當中，代表這個用字現象確實是值得留意的。惟目前研究多係分經分論，尚缺彙整，本文故可藉由目前研究一窺佛經中異體字存在之實況後，進而思考如何將各方家之研究成果匯聚於工具書中，彰顯現有成果在輔助佛經解讀等層面之實用價值。

三、漢語字、辭書研究概況

在漢學學術研究中，辭典學形成專門學科的時間較晚，但因為字、辭書內容係呈現漢字形、音、義，涉及傳統小學中文字、聲韻、訓詁領域，故亦見不少聚焦以於某部傳統字、辭書之專題研究，尤其早期《說文》儼然為文字學之研究主體，各式研究迭興，成果豐碩，於「臺灣博碩士論文知識加值系統」中查詢，可得 1967～2016 年的相關論文百餘種，另大陸地區於 2006 年所出版的《《說文解字》研究文獻集成》現、當代卷有十二冊之多，亦足顯《說文》學於對岸亦屬顯學。至於其他字、辭書之研究則相對較少，茲就本文主要借助參考者簡述如下：

（一）《干祿字書》相關研究：1982 年曾榮汾先生發表《《干祿字書》研究》（臺北：中國文化大學，博士論文），詳論本書之稱名、作者、撰作背景、版本、收錄內容、研究價值等，又特就解字體例之「曰俗」、「曰通」、「曰正」加以歸納與辨析，藉以推定編者之文字觀點，進而評述本書於歷代字樣學發

展史中之定位。

（二）《龍龕手鏡》／《龍龕手鑑》相關研究：在臺灣博、碩士論文網中之本書相關研究，可見 1974 年陳飛龍先生所撰《《龍龕手鑑》研究》（臺北：政治大學，博士論文）、1985 年路復興先生所撰《《龍龕手鑑》文字研究》（臺北：中國文化大學，碩士論文）、1986 年蔣妙琴先生所撰《《龍龕手鑑》引新舊藏考》（臺北：中國文化大學，碩士論文），年代較早，本文主要參據者則為較近期由對岸學者鄭賢章先生所撰的《《龍龕手鏡》研究》（長沙：湖南師範大學，碩士論文）。《龍龕手鏡》係為佛徒研讀佛經而編，收錄大量的寫本佛經中的俗字並加以辨析，鄭先生認為此書價值於今雖已受到肯定，常用於考證俗字、整理敦煌出土文獻，但對於該書本身的深入研究較為缺乏，也還沒有學者就其中的大量未識俗字進行深入考證，是以撰寫《《龍龕手鏡》研究》，詳論該書收字來源、內容闕失、利用價值、與《一切經音義》之關係，更專章探析其中俗字之考釋方法，完整、周詳地揭示了《龍龕手鏡》一書的全貌。

（三）《字彙》、《正字通》相關研究：《字彙》、《正字通》皆為明代字書，《正字通》張自烈在〈凡例〉中明白表示，此書之編成乃以《字彙》為基礎，然後「闕者增之，誤者正之」，故此二書有單獨的研究論著，亦常被相提並論。本文主要參考者為 1999 年呂瑞生先生撰作的《《字彙》異體字研究》（臺北：中國文化大學，博士論文）、2000 年巫俊勳先生撰作的《《字彙》編纂理論研究》（臺北：輔仁大學，博士論文）。呂先生著重於《字彙》一書的字樣觀，詳論該書立正字、錄異體之原則，然後進一步歸納分析異體字之類型、釋例、歸部等。巫先生則全然從字書編輯角度展開論述，如其論文提要所云：

> 《字彙》之編纂，主要問題有四：一是收字標準問題，二是正異體字判分之問題，三是收入之字如何詮解，四是收入之文字如何編排。本文即針對《字彙》此四項內容深入分析，以探求《字彙》在字書編纂上的繼承與創新。〔註33〕

巫先生全文便圍繞上述問題，闡述本書之收字原則、文字詮解方式、形音義說釋、立部與收字歸部，然後評述其於字書編輯上的創說、侷限與影響，是為較

〔註33〕巫俊勳《《字彙》編纂理論研究》（臺北：輔仁大學，2000 年）。

少見之辭典編輯專論。2011 年又有陳怡如先生的《《正字通》正補《字彙》之研究》，採用對比二書的方式，從字書編輯、訓詁兩個角度展開論述。

（五）《康熙字典》相關研究：臺灣近代學者中，李淑萍先生爲對於《康熙字典》有較多關注者，1999 年其撰作之博士論文《《康熙字典》及其引用《說文》與歸部之探究》，對比《說文解字》，主要論述本書之立部與歸部，然後再末章從「編纂之目的與動機」、「全書體例」、「引用資料」、「部首列字」、「對後世字書、辭典學的影響」等方面提出總結，期使人們對於《康熙字典》不再僅是訾議其非，而是在明析優劣後給予較爲公允的評價。李先生於此專著後，對於《康熙字典》持續投入心力，陸續發表專論，2006 年集結爲《《康熙字典》研究論叢》，就本書之研究概況、成書背景、編輯體例、流傳版本、部首概念、解義釋例與按語、古文字收錄等全面論析。

（六）現代字、辭典相關研究：誠如上論，傳統字、韻書之研究多附屬於文字、聲韻、訓詁領域，現代字、辭典難以含括於其中，研究成果自然更是屈指可數。大陸地區因辭書編輯事業較爲繁盛，相關著作較多，如趙振鐸先生的《字典論》，更是從現代字書編輯之內容處理與實務工作作全面性的探討，至於臺灣學界可與之抗衡者當屬曾榮汾先生。曾先生長期投入字、辭典編輯，其 2003 年於訓詁學會研討會中所發表〈試論國內語文工具書編輯觀念之成就〉，扼要簡介《中文大辭典》（中國文化大學華岡出版社）、《三民大辭典》（三民書局）、《新辭典》（三民書局）、《國語日報辭典》（國語日報社）、《國語活用辭典》（五南圖書出版社）、《正中形音義大字典》（正中書局）、《大學字典》（中華學術院）、《國民字典》（中華學術院）、《國語日報字典》（國語日報社）、《名揚中文百科大辭典》（名揚出版社）、《中文百科辭典》（百科文化事業公司）、《中華兒童百科全書》（臺灣省教育廳），然後再論及由教育部發行的《重編國語辭典修訂本》、《國語辭典簡編本》、《國語小字典》、《異體字字典》等〔註34〕，記錄了臺灣的字、辭典編輯概況。此外，曾先生另以累積多年之編輯心得撰作《辭典編輯學研究》一書，提供具體的辭典編輯方法，亦爲辭典編輯實務上之重要參考資料。

〔註34〕教育部後來又接續發行《成語典》，以及《臺灣閩南語常用詞辭典》、《臺灣客家語常用詞辭典》。

第三節　研究方法

　　本研究主要採用文獻研究法，藉由漢文佛經用字、字辭典編輯、異體字相關論述文獻，了解本論文命題中關鍵問題的發展與現況，建構理論背景。此外，並透過歷代字書編輯成果內容、體製、影響的比較分析，建立字書編輯發展的時間軸，歸納字書編輯之架構。關於所涉及之文獻，於本章之第二節已摘要說明，此將就研究流程、研究重點加以表述。

一、研究流程

　　雖然漢語辭書的發展歷史長遠，但將辭書編輯視為專門學科，重視編輯的方法與過程，卻是在近幾年才逐漸發展出的觀念。趙振鐸先生在《字典論》的前言中便說到：

> 我國字典編寫的歷史悠久。從許慎的《說文》算起，到今天將近兩
> 千年。在這個漫長的時間裡，我國學者編寫了不少字典，積累了豐
> 富的經驗，這是一筆非常寶貴的財富，可以供今天編纂字典借鑒。
> 但是前代學者雖然編寫了很多有價值的字典，卻沒有把他們的經驗
> 很好地總結出來。許慎的《說文解字·敘》僅對他所作書的性質、
> 任務、收字、編排、釋義、舉例等略有說明，整個著作隱括的條理
> 還要靠後人去發掘。……晚近的字典還有凡例，但是單憑這些要了
> 解一部字典的全面情況還是有困難的。〔註35〕

趙先生1975年起參與大陸《漢語大字典》的編輯，在十數年的編輯工作結束後，撰寫《字典論》，留下可貴的編輯心得，以上於前言中的這段描述，主要是說明這本書的撰寫動機，同時透露辭書編輯實務經驗傳承的重要。此乃因辭書編輯為抽象理論的具體實踐，然而，在執行編輯時，因可用之人力、物力資源有限，為能產出成果，語言學、文字學、訓詁學中講述的學理標準，往往在初期體例規劃時便已是七折八扣，實際執行過程中若再發生意外狀況，可能又使成果的學理性更為減低。是以，於製定辭書編輯規畫時，如能汲取前人經驗，儘量避免謀劃失當，接著再經反覆試作，驗證規畫之可行性並加以修訂，然後付諸執行，將有助於順利產出成果，並使其中蘊含的學術

〔註35〕詳見趙振鐸《字典論（第二版）·前言》（上海：上海辭書出版社，2012年8月）。

價值最高程度地展現。

本文雖僅止於佛經異體字字典編輯方法之研究，並非眞正進行編輯，但其實已屬編輯前置作業中極重的規劃階段，故將循上述「汲取前人經驗，儘量避免謀劃失當，接著再經反覆試作，驗證規畫之可行性並加以修訂」之路徑，以提出切實可行的「佛經異體字字典」編輯規畫，使本文除具有學理層面的論述外，並具有於佛教界落實編輯之可能性。茲以簡要流程圖表示本文研究步驟：

〔圖表〕5：本文研究步驟流程圖

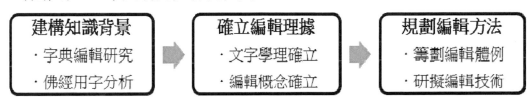

二、研究重點

（一）建構知識背景

1、字典編輯研究

據教育部《重編國語辭典修訂本》臺灣學術網路第五版試用版（2015 年），「辭典學」釋義爲：「研究辭典編纂理論及技術的學科。也作『詞典學』。」〔註 36〕故「辭典學」應爲編輯字、辭典前應具有之先備知識，然而，由於此一學科發展歷史較短，成果尚極爲有限，且較偏重於歷代辭書之分析、形音義編輯理論，編輯技術層面之問題則罕見論述，故於建構編輯體系時，除參考辭典學相關專論外，分析相關編輯成果之優劣亦爲極重要的一環。據此，此課題之研究應由以下三方面著手：

（1）研讀漢語辭書發展史相關專論，了解辭書發展脈絡，以及歷來學者所關注之問題。首先，預計藉由劉葉秋先生的《中國字典史略》（北京：中華書局，1983 年）一窺全貌，再進一步參考其他學者之單一辭書研究成果。

〔註36〕詳見教育部《重編國語辭典修訂本》臺灣學術網路第五版試用版（2015 年），網址：http://dict.revised.moe.edu.tw/。

（2）研讀辭典編輯相關專論，建立編輯規畫概念。如曾榮汾先生集結長期參與教育部字、辭典編輯經驗寫成之《辭典學論文集》（臺北市：辭典學研究室，2004 年），以及前文中提及趙振鐸先生的《字典論》，均較爲完整地談論了辭書編輯各面向的問題，尤其編輯技術層面之論述，尤爲珍貴。

（3）分析相關字典體例，了解目前已有之成果，吸取適用於「異體字字典」之編輯概念。惟今尚無已編成之佛經異體字字典，故筆者預計以性質最爲相近之教育部《異體字字典》作爲主要分析對象，其他涉及異體字收錄之歷代字書則爲旁參資料。

2、佛經用字分析

本文所論之佛經用字，概指漢譯佛經中所用漢字。欲探索漢譯佛經用字問題，則首先必須由佛經翻譯史切入，了解佛經語言的特殊性，又佛經譯者如何選用既有漢字或新創字形以表義，接著，方能聚焦於「異體」這個主題。據此，此課題之研究應有以下兩個步驟：

（1）研讀中國佛教史、佛經翻譯相關專論，了解佛經語言及用字特色，建構基礎背景知識。

（2）研讀佛經語文、文獻相關專論，歸納漢譯佛經中異體字存在之概況，以便籌劃佛經異體字之蒐錄途徑。

（二）確立編輯理據

本論文命題爲「漢文佛經異體字字典編輯方法」，係以漢文佛經爲編輯來源素材，命題重點則爲「異體字字典編輯方法」，故於製訂編輯規畫之前，首先確立以下學理性問題：

1、字典編輯路徑

辭書編輯方法爲一專門、獨立的學科——此爲本文之重要立論。此擬藉由上述「建構知識背景」步驟回顧歷代相關編輯成果，然後考量結合當今新興編輯觀念、編輯技術，確立本文編輯方法規劃方向。

2、「異體字」內涵

「異體字」一詞廣見於漢字教學、文字學、文獻考據相關論述中，若加

以細察，其內涵未必相同，屬教學層面的《識字教學策略》一書中有以下列表〔註37〕：

〔圖表〕6：異體字諸家定義列表（引自許彩虹《識字教學策略》）

異 體 字 定 義	立 論 來 源
異體字是指與正體字相對應的字	《現代漢語詞典》、臺灣教育部《異體字字典》網路版、《中國大百科全書》、曾榮汾等
異體字是書體不同的字，是指相對的今體字與古體字而言	蔣善國等
異體字是音義相同字形不同的字	周祖謨、胡裕樹、劉又辛、蔣善國、趙振鐸、曾榮汾、蘇培成等
異體字是音義完全相同，在任何情況都可以互相替換的字	王力、敦錫良、王寧等
異體字是記錄語言中同一個詞，是功能相同而形體不同的字	李榮、劉又辛等
異體字可以分為音義完全相同和音義部分相同的兩種，稱音義部分相同的異體字為「部分異體字」	裘錫圭、李道明、劉志基等

所羅列諸多說法，概可顯示「異體字」內涵之寬狹不一，甚或涉及「字形」、「書體」兩個完全不同的範疇。「異體字」為本文所提編輯規劃中鎖定收錄的對象，自當有加以釐清及確認之必要。

（三）製訂編輯規畫

字典編輯所要面對的主要問題不外乎兩項，一為「內容是什麼」，一為「如何進行」，這也就是編輯規畫中的兩大重點，以下便分「編輯體例規畫」、「編輯技術規畫」概略說明之。

1、編輯體例規畫

所謂「體例」，就字典而言，主要指固定的資料陳列方式及內容編寫格式。完善的體例設計，是成功傳遞知識的關鍵；所有編輯者均依循體例進行編撰，則為使全典書寫形式齊整的關鍵。換言之，體例同時影響抽象學理之實踐程度、字典之整體風格，可說是字典編輯中至為重要的一環。本文研究至上述

〔註37〕許彩虹，《識字教學策略》，臺北：秀威資訊，2012年。該異體字定義列表下標示：
　　　　「資料來源：盧國屏、黃立楷，2008：152」。

「建構編輯理據」階段，尚屬編輯理論、文本語言之探討，接下來便須就繁複理論中抽絲剝繭，條列出字典欲傳遞的知識重點，進而思索傳遞傳遞方式，無論是字形、字音及字義之收錄範圍、釋義撰寫要點、資料呈現模式、例證陳列規則、固定行文用語等，都應該有具體可依的編輯原則，方能作爲字典編輯時的依歸。

2、編輯技術規畫

辭書編輯除了需要具備學理能力，作爲規劃及執行之背景，另外，就實務工作而言，它也是一門管理的學問，這「管理」包含著許多層面，曾榮汾先生於〈試論國內語文工具書編輯觀念之成就〉中說到：

> 在編輯技術方面有也可分爲有形技術與無形技術。有形技術指資料
> 管理、體例設計、成果編輯等。無形的技術則須包括人員心理輔導、
> 工作進度的管控、工作壓力的排遣等。這二者也是不可偏廢。尤其
> 是無形的技術往往是詞典編輯能否畢竟全功的前提。人事管理是一
> 切管理的基礎。在詞典編輯工作上，人事管理更須顧及壓力所造成
> 的浮動心理。〔註38〕

辭書編輯是語文學理與編輯技術的結合，在精深繁複的學理化約成內容呈現體例階段前，一部辭書仍猶如空中樓閣，難以捉摸，一切成敗端看最後的執行結果。是以，執行實務規畫的合理、運作的順暢、進度的如期等，對於辭書編輯成果之展現具有重大影響，尤其中、大型辭書，因爲編輯期程較長，編者有時會有時間充裕的錯覺，可能導致內容難度、人力需求、進度安排的錯估，更需要在執行前便作精密計算，訂定明確的執行方式、人員配置、工作進程等，執行時方能按表操課，朝目標穩定邁進。曾先生依自身的切身經驗，特別提出人事管理的重要性，而事實上，人員的壓力和人事的浮動，便常常導因於失當的人員配置、工作期程等規畫，由此可知，實務面向的編輯技術規畫，亦關乎編輯計畫的成功與否。本文之「編輯技術研究」，將就編輯目標研擬編輯環境籌備，以及編輯資料、編務團隊、成果品質之管理規畫，以具體呈現編輯實務工作進行方式。

〔註38〕曾榮汾〈試論國內語文工具書編輯觀念之成就〉(《辭典學論文集》，臺北市：辭典學研究室，2004 年)。

第二章　歷代漢字字典及異體字專題字典編輯探討

　　「字典」是語文工具書中的一類，而所謂「工具書」，顧名思義是具有工具性質的書籍，教育部《重編國語辭典修訂本》概括簡說爲：「專供查考資料而編纂的書籍。……是研究學問的工具。如字典、書目、索引等都是。」〔註1〕又因其專供查索學習，或作爲工作過程中所需的參考資料，故圖書館學中稱爲「參考工具書」或「參考書」，大致可分爲指引型、資料型兩大類：指引型是以提供線索爲目的，書目、索引、摘要等屬之；資料型可爲讀者提供較詳細、較直接的說解，百科全書、字典、辭典、年鑑、地圖等均屬之。李玉瓚先生歸納了工具書的幾個顯著特質：

　　一、解答問題：參考書在讀者學術研究或有疑難問題不能解決時，
　　　　供檢尋答案之用。如欲辨字音、字義時，則查字典；欲查地名，
　　　　則查地名辭典等，故參考書又可稱爲工具書。

　　二、部分閱讀：參考書只爲稽查檢閱之用，故不必從頭到尾閱讀，
　　　　如字典、百科全書等皆無全部閱讀之必要。

〔註1〕教育部《重編國語辭典修訂本》臺灣學術網路第五版試用版「工具書」條（檢索日期：2016 年 7 月 3 日）。

三、編製不同：參考書的編製，以便利讀者檢閱為目的，其體裁格
　　式，與一般書籍迥然不同，自有其特殊編排方式；或用部首、
　　字母、或用筆畫，或按聲韻，或按分類，或按年月日期排列。

四、內容廣泛：無論何種參考書，其對於一般或某一專科的知識，
　　均包羅廣闊，毫無遺漏。〔註2〕

　　上述「欲辨字音、字義時，則查字典」一句，言簡意賅地就需求面道出字典的功能，則漢字字典依此可推度為——欲辨漢字字音、字義時所需利用的工具書，論及其具體形式，則首先必須與亦屬漢語工具書的漢語詞典、漢語辭典加以區隔。

　　就字典、詞典、辭典三者字面觀之，「字」、「辭」、「詞」三字為其明顯差異，茲分組探析其間關係：

　　一、「辭」與「詞」：查大徐本《說文解字》〔註3〕「辭」、「詞」二字，「辭」為「訟也」，「詞」為「意內而言外也」，二字本義不同，但「辭」後來引申出與「詞」相通的「言詞」義，據此，「辭典」與「詞典」是為等義，所指相同。本文將將依臺灣普遍用字習慣，採「辭典」一詞。另有一說，認為「辭」是較大的語言單位，「詞」為語言中基本的表義單位，故認為收錄基本詞言者應稱「詞典」，收錄有成語、諺語者方稱「辭典」，惟就實際狀況而言，罕見對收錄對象能如此截然劃分的，「詞典」、「辭典」自然也就難以區隔。

　　二、「詞（辭）」與「字」：就字面上來看，兩者似為涇渭分明。「詞（辭）」為語言中最小的表義單位，為語言組成的基本元素；「字」為文字，指記錄語言的符號。然而，在漢語中，一個「字」常常就等同於一個「詞」，就如同趙振鐸先生所說：「就絕大多數漢字來說，一個方塊漢字代表漢語的一個語素。」〔註4〕這使得「詞（辭）」與「字」的界線變得模糊了，這情況反映在「詞（辭）典」與「字典」中，便使得「詞（辭）典」的描述範圍固然包含詞義、音讀、用法等，「字典」對於「字」的描述亦非局限於字形，同時兼及音義及用法。

〔註2〕詳見《中華百科全書（典藏版）》（中國文化大學，1983 年）（http://ap6.pccu.edu.tw/
　　　 Encyclopedia/）「參考書」一詞。

〔註3〕本文《說文解字》大徐本係採日本岩崎氏靜嘉堂藏北宋刊本，出自臺灣商務印書館
　　　 刊編印之《四部叢刊初編》（1922 年）。

〔註4〕詳見趙振鐸《字典論（第二版）·前言》（上海：上海辭書出版社，2012 年 8 月）。

另外，編輯者爲使所編成果具有「多功能」，又常常同時集結「詞（辭）」、「字」於一書，曾榮汾先生在〈中國字的工具書〉一文中如此描述：

> 編輯一部辭典到底是不是就是將一部字典結合上詞的資料？反過來說，編一部字典是不是就是將一部辭典的「字頭」部分拆分開來就成？也許有許多人的確會認同這樣的說法。但是嚴格來說，這二者在編輯觀念上，是應該有所差別的。當然這種差別純只是立於學術立場來說，在一般的編輯工作中，人們總是覺得不管是「字典」或「辭典」，條件包括越多越好，最好編字典時，多少放一點「詞」在裡頭；編辭典時，則最好放一點「字形條件」在裡面；這樣買一本等於買兩本，二者特色兼具該有多好。〔註5〕

承上所述，即便「詞（辭）」與「字」在語言學上具有清楚的界隔，卻無法作爲「詞（辭）典」與「字典」歸類的依據，於是，曾先生提出了以「編輯主體」作爲區隔的想法：「『字典』是以『字』爲編輯主體，『辭典』是以『詞』爲編輯主體。」〔註6〕趙振鐸先生則就說釋角度側重之不同加以區隔：

> 語言裡面的詞是音義的結合體，詞典收詞，重在注音釋義。而字典收字，它除了注音釋義之外，有的時候還兼有解形的任務。……還有一種看法認爲字典和詞典在單字條目的處理上應該有明確的分工。字典的單字釋義要管到單音詞的釋義、語素義和音節，而詞典單字條目的釋義原則上只管單音詞的意義和一部分詞頭、詞尾意義。這樣字典和詞典有交叉的地方並不可能太多。這個看法有一定的道理，但是是否能夠行得通還要看編寫實踐。〔註7〕

依曾先生、趙先生之說，「詞（辭）典」與「字典」其實是可劃分的，但是實際情況卻又是另一回事，或許因爲使用者「總是覺得不管是『字典』或『辭典』，條件包括越多越好，……這樣買一本等於買兩本」，又或許因編者對於所得資料難以割捨，一股腦兒地全數採納，故今所見「字典」，在單字下可能陳列大量以該字組成的複詞，在「字典」中則仍可見足夠份量的單字形、音、

〔註5〕詳《辭典學論文集》（臺北市：辭典學研究室，2004 年）。

〔註6〕詳《辭典學論文集》（臺北市：辭典學研究室，2004 年）。

〔註7〕趙振鐸《字典論（第二版）・第一章》（上海：上海辭書出版社，2012 年 8 月）。

義解析。故知確如趙先生透露的，依據學理樹立的編輯標準與編輯實踐之間，或許存在難以跨越的障礙，影響了理想實現之成數。

此擬先披覽漢字字典發展實況，歸納其中對於後世編輯影響較大的編輯概念，然後進一步探索當代字典編輯之方向。

第一節　漢字字典編輯之特性

字典是具有實用功能的工具書，相應著人類生活中文化層面的需要而產生，就今日社會觀之，不外乎學校教育、個人語文學習之需要。回溯中國歷史上字、辭典之發軔，周宣王時太史籀所著《大篆》十五篇，繼之者為秦李斯的《倉頡篇》、趙高的《爰歷篇》、胡毋敬的《博學篇》，皆具備識字功能，入漢之後，則又有司馬相如的《凡將篇》、史游的《急就篇》、李長的《元尚篇》、揚雄的《訓纂篇》、賈魴的《滂熹篇》等，惟均僅有輯錄字形，並無說解。相傳為周公始撰，孔子、子夏、叔孫通、梁文增補而成之《爾雅》〔註8〕，聚合同類用詞加以說解，惟無系統性編排，尚未可稱為字書。至東漢許慎《說文解字》，則不僅輯錄字形，並就文字之形構、字義加以說解，且提供了可查詢收字的部首索引，漢字字書之基本模式大抵成形，嗣後，字書編輯歷久不衰，規模或大或小，編排方式或依部首，或依音序，或依筆畫數，成果豐碩，舉其犖犖大者，如南朝梁顧野王《玉篇》、宋代司馬光《類篇》、遼代釋行均《龍龕手鏡》、金代韓孝彥、韓道昭父子《四聲篇海》、明代梅膺祚《字彙》與張自烈《正字通》，以及清代康熙皇帝敕編的《康熙字典》。

綜觀由《說文解字》至《康熙字典》所綴輯之漢字字書編輯歷史，概可歸納出幾項特性：

一、因應時代的需求而生成

觀歷代重要字書之編輯，均有其相應之時代背景。如漢字由殷周古文、

〔註8〕《爾雅》有〈釋詁〉、〈釋言〉、〈釋訓〉、〈釋親〉、〈釋宮〉、〈釋器〉、〈釋樂〉、〈釋天〉、〈釋地〉、〈釋丘〉、〈釋山〉、〈釋水〉、〈釋草〉、〈釋木〉、〈釋蟲〉、〈釋魚〉、〈釋鳥〉、〈釋獸〉、〈釋畜〉十九篇，亦即聚合了古代詞彙、動詞和形容詞等用詞、親屬稱呼、宮室建築、日常用品及飲食、樂器、天文曆法、行政區、丘陵及高地、山脈、河流、花草、樹木、昆蟲、魚類、鳥類、獸類、牲畜等用詞加以釋義。

秦篆轉爲隸書，形體脫離圖象化而正式進入線條化階段，此一字體的巨大變革，雖然提昇了漢字書寫之簡易度，但也同時紊亂了當時人們對於文字的使用與理解，《說文解字·敘》描繪時之亂象云：

> 而世人大共非訾，以爲好奇者也，故詭更正文，鄉壁虛造不可知之書，變亂常行，以耀於世。諸生競逐說字解經，解經誼，稱秦之隸書爲倉頡時書，云父子相傳，何得改易。乃猥曰：馬頭人爲長，人持十爲斗，虫者，屈中也。廷尉說律，至以字斷法，苛人受錢，苛之字，止句也。〔註9〕

許慎認爲，文字形體線條化以後，脫離初形，致使本義難辨，當爲導致紊亂之主因。爲明漢字初形本義，導正社會之用字風氣，並使世人得以正確理解經義，許慎故編纂《說文解字》，字頭字體非採當時流行的隸書，而是以小篆爲主，並貼合字體形構解說字義，彰顯漢字藉形表義的特性。

秦漢至晉，漢字書體由篆、隸轉爲楷書，又是一次巨變，並且，文字經長期的使用，人們因應用字需求而創造新字，或因書寫隨興而使一字歧出異形，已非原有字書所能包含，南朝梁顧野王的《玉篇》於是相應而生，其序文中云：

> 微言既絕，大旨亦乖，故五典三墳，競開異義；六書八體，今古殊形。或字各而訓同，或文均而釋異。百家所談，差互不少；字書卷軸，舛錯尤多。難用尋求，易生疑惑。猥承明命，預纘過庭，總會眾篇，校讎群籍，以成一家之制，文字之訓備矣。〔註10〕

由上述可知，顧野王著此書，與許慎相同，亦爲有感於文字使用、訓解之淆亂，故期《玉篇》一書「成一家之制，文字之訓備矣」。

至明初，太祖朱元璋雖出身貧微，又長年從事軍旅，缺乏文化背景，但因記取元朝亡國教訓，即帝王位後，兼重文武，採取用武安境、講文治國的政策，極度重視教育，並諭示群臣曰：「古昔帝王育人材，正風俗，莫不先於

〔註9〕漢·許慎著／清·段玉裁注《說文解字》（臺北：洪葉文化事業有限公司，1998年）。

〔註10〕南朝梁·顧野王原編／宋·陳彭年重修，《玉篇》（文淵閣《四庫全書》電子版3.0版，香港：迪志文化出版有限公司，2007年）。

學校」。〔註11〕故於當世，教育發達與學校興盛之況，爲唐宋所不及，同時提昇了人民文化層面之需求。部分學者以爲，如此注重學校教育的風氣，爲字書編輯提供了適合的環境，孕育了梅膺祚的《字彙》與張自烈的《正字通》。

明末，滿族入主中原，以異族身分建立清王朝，爲鞏固政權，以大興文字獄之手段控制人民思想，使當代文人不敢議論政事，並視文史研治爲畏途，故轉爲專力於以考據爲主的小學，反而造就字典編輯所需的氛圍。至清季，清廷兼採高壓統治與懷柔政策，爲籠絡漢族文人學士，刻意營造學術發展環境，康熙在位期間，曾多次徵召博學鴻儒，先後完成《朱子全書》等大規模的文獻輯錄工作，另又敕令張玉書等人編纂《康熙字典》，歷時五年編成，由武英殿刊印，故世稱殿本《康熙字典》。本典編輯，有盡改前人缺失並集大成之大志，於書序便首先評述歷代字書編輯云：

> 自《說文》以後字書，善者於梁則《玉篇》，於唐則《廣韻》，於宋則《集韻》，於金則《五音集韻》，於元則《韻會》，於明則《洪武正韻》，皆流通當世，衣被後學。其傳而未甚顯者，尚數十百家，當其編輯，皆自謂毫髮無憾，而後儒推論輒多同異。或所收之字，繁省失中；或所引之書，濫疏無準；或字有數義而不詳；或音有數切而不備。〔註12〕

就本典編輯成果觀之，或大志未竟，臧否互見，惟於字書編輯史上，《康熙字典》確實位居承先啓後的關鍵位置。其收字量達四萬七千餘，亦爲傳統字書中規模最大者。

二、承繼前人的編輯成果

《說文解字》一出，奠定漢字字書之架構，歷代字書不僅承其編輯架構，並且吸收其訓詁成果，如南朝梁顧野王的《玉篇》，收字、部首、體例大抵本諸《說文解字》再稍作改易，改易之處如：字頭採楷體而不採小篆、字義說解由貼合字構轉爲博引字書訓釋與經傳注疏、編者大量加注案語，惟顧氏原

〔註11〕《明實錄・明太祖實錄》卷46，臺北：中央研究院，1964～1966年。中研院係據北平圖書館紅格鈔本微捲影印，紅格本之缺卷缺頁，再據他本補。

〔註12〕《御定康熙字典・序》（文淵閣《四庫全書》電子版3.0版，香港：迪志文化出版有限公司，2007年）。

帙已大部分失傳，僅能藉由《古逸叢書》中的古寫本《玉篇零卷》概窺原貌，今之傳本，則爲經蕭愷刪改、孫強增益、陳彭年重修的《大廣益會玉篇》。

除《玉篇》與《說文解字》以外，在歷代傳統字書中，不乏可見類似之承繼關係。如宋仁宗時，丁度、宋祈奉命修纂韻書《集韻》，司馬光續成後，并重文收錄五萬三千五百餘字，收字量遠超於既有字書，故有新編收字相應字書之需求，《類篇》故起，該書附記之編纂緣起云：

> 寶元二年十一月，翰林院學士丁度等奏，今修《集韻》，添字既多，
>
> 與顧野王《玉篇》不相參協。欲乞修韻官將新韻添入，別爲《類篇》，
>
> 與《集韻》相副施行。

在此「與《集韻》相副施行」的目標下，《類篇》收字概承於《集韻》再作增補，如其凡例所言明：「《集韻》之所遺者皆載」。惟對於失之冗雜的《集韻》重文，《類篇》未予照錄，篩檢後最終收錄五萬三千一百餘字，反而減少了數百字，可見刪字數量大於增字數量。綜觀之，《類篇》、《集韻》皆收錄大量唐宋間產生的新字，前者按部首編字，後者按韻編字，二書可併用參看。此外，《類篇》採用部首五百四十部，排列次序與《說文解字》大抵相同，變動極少，亦可歸入《說文解字》、《玉篇》之承續脈絡中。

再如梅膺祚之《字彙》與張自烈之《正字通》。《字彙》爲明代字書，相較於前代字書，其編輯體例與訓詁內容均有開創性的見解，尤其在檢索設計上有極大突破，將許慎於《說文解字》之五百四十個立部加以歸納及併合成二百一十四個。此書編成後，風行一時，老師宿儒與蒙童小子，無不藉以識文習字，後起字書亦多予仿效，其中又以張自烈《正字通》之成就最爲非凡。張書凡例中表明示對於《字彙》多所參據，然後「闕者增之，誤者正之」，由該書正文不時引錄「舊注」、「舊本」之語，並於正文之前陳列《字彙》首末卷之「運筆」、「從古」、「遵時」、「古今通用」、「辨似」等，所承明顯可知。整體而言，《正字通》一則承《字彙》之編輯體例與訓詁內容，一則有意識地改正《字彙》之誤收、訛說、錯訓，可謂以作爲《字彙》正補爲編輯目標。

至清代，字書編輯概念已臻成熟，體例架構已見穩固，《康熙字典》於此基石之上，對於前人編輯成果剖析毫釐，擘肌分理，淘洗得失後訂出編輯方針。其凡例中，可見如「《字彙》失之簡略，《正字通》涉於泛濫」、「《正字通》

所載諸字多有未盡」、「篆籀淵源，猝難辨證。《正字通》妄加釐正，援引不倫，累牘連篇，使讀者瞢然莫辨」等具體批評，此外，亦可見汲取前人經驗後之轉化，如：

> 音韻諸書俱用翻切，人各異見，未可強同。今一依《唐韻》、《廣韻》、《集韻》、《韻會》、《正韻》爲主。同則合見，異則分載。其或此數書中所無，則參以《玉篇》、《類篇》、《五音集韻》等書。

> 《說文》、《玉篇》分部最爲精密，《字彙》、《正字通》悉從今體改併成書，總在便於檢閱。今仍依《正字通》次第分部。

> 字兼數音，先詳考《唐韻》、《廣韻》、《集韻》、《韻會》、《正韻》之正音。

> 集內所載古文，除《說文》、《玉篇》、《廣韻》、《集韻》、《韻會》諸書外，兼采經史音釋

> 《正字通》承《字彙》之訛，有兩部疊見者，……又有一部疊見者，……後先矛盾，不可殫陳。今俱考校精詳，併歸一處。

> 字有形體微分，訓義各別者，《佩觿》、《正譌》等書辨之詳矣。顧尚有訛以承訛，諸家蒙混者，如大部之「奕」與廾部之「弈」，《說文》點畫迥殊，舊註不加考校，徒費推詳。今俱細爲辨析，庶指事暸然，不滋僞誤。

> 《正字通》援引諸書不載篇名，考之古本，訛舛甚多。今俱窮流溯源，備載某書某篇，根據確鑿。

> 《字彙補》一書考校各書，補諸家之所未載，頗稱博雅；但有《字彙》所收，誤行增入者，亦有《正字通》所增，仍爲補綴者。其餘則專從《海篇大成》、《文房心鏡》、《五音篇海》、《龍龕手鑑》、《搜眞玉鏡》等書。

> 篆籀淵源，猝難辨證。《正字通》妄加釐正，援引不倫，累牘連篇，使讀者瞢然莫辨。今則檢其精確者錄之，其泛濫無當者並皆刪去，不再駁辨以滋異議。

綜觀傳統字書編輯歷史，從《說文解字》至《康熙字典》，經過數次開創、傳承、精進的流轉，終使涓涓細流逐漸匯聚爲浟浟巨川，蔚爲大觀，即便今世，字、辭書之編輯，審音辨義仍須藉助歷代字書，標注字詞形音、說釋意義、附列經籍文獻爲用法例證等編輯體例，亦奪胎自傳統字書。

三、展現先民生活與文化

漢字生成於世界文明發源古國，今天我們使用的文字，除了具有傳遞思維的實用功能以外，其中並蘊含先民之生活智慧，這些文化層面之義涵，在歷代字書裡不乏展現，由以下字例可見一斑：

【一】

一，惟初太始，道立於一，造分天地，化成萬物。……（《說文解字·一部》）

一，數之始也，物之極也。……（《廣韻·入聲·質韻》）

一，……伏羲畫卦，先畫一奇以象陽。數之始也，凡字皆生於此。……（《字彙·一部》）

一，……《說文》惟初大始，道立於一。造分天地，化成萬物。《廣韻》數之始也，物之極也。《易·繫辭》天一地二。《老子·道德經》道生一，一生二。……（《康熙字典·一部》）

【人】

人，天地之性最貴者也。……（《說文解字·人部》）

人，天地人爲三才。……（《廣韻·平聲·眞韻》）

人，而鄰切，音仁。人爲萬物之靈。……（《字彙·人部》）

人，而眞切。人者，神也，天地人爲三才，人最靈。（《重訂直音篇·人部》）

人，……《說文》天地之性最貴者也。《釋名》人，仁也，仁生物也。《禮·禮運》人者，天地之德，陰陽之交，鬼神之會，五行之秀氣也。……（《康熙字典·人部》）

【網（网）】

网，庖犧所結繩以漁。……（《說文解字‧人部》）

網，庖犧氏始結網罟教佃漁。《史‧殷本紀》：「湯出，見野張網四面，湯曰：『嘻，盡之矣。』乃去其三面。祝曰：『欲左，左；欲右，右。不用命，乃入吾網。』」……（《廣韻‧平聲‧養韻》）

【缶】

缶，瓦器，所以盛酒漿。秦人鼓之以節歌。……（《說文解字‧缶部》）

缶，瓦器，鉢也。《史記》云：「秦王、趙王會于澠池，藺相如使秦王擊缶是也。」……（《廣韻‧平聲‧有韻》）

缶，……《爾雅‧釋器》：「盎謂之缶。」註：「盆也。」疏：「缶是瓦器，可以節樂，如今擊甌，又可以盛水盛酒，即今之瓦盆也。」……（《康熙字典‧缶部》）

從「一」、「人」、「網」、「缶」幾個字在《說文解字》等字書中的說解，可知歷代字書不僅著重文字在語言中的作用，也常附加生活文化、典章制度、歷史事件等描述，以及對於宇宙的認知，擴大了字書所提供知識之範圍，兼具些微百科全書的作用。縱然隨著人類科學的進步，其中部分客觀知識已知屬錯誤認知，仍有記錄先民文明遺跡的意義。

四、反映語文研究之發展

漢語研究之發展，可謂字、辭書之學理根基，文字、聲韻、訓詁三個研究領域，運用於編輯字書編輯，即展現在釋形、標音、解義上，是以，大致可藉由字書了解一個時代的漢語研究發展成果。例如，漢字字形之研究，在春秋戰國所見之六書理論雛型，至東漢時期已臻成熟，許慎所撰著之《說文解字》，則可見成熟六書理論之運用，不但明確解析漢字結構，更進一步歸納形符，開創了字書的部首編排模式，但對於字音的標注，顯然就缺乏系統性的處理，形聲字部分便直接以聲符表音（如：「河」注「可聲」、「琳」注「林聲」），非形聲字則主要採直音方式，以「讀若」用語表示字音（如：「癹」注「讀若撥」、「宋」注「讀若送」）。東漢末年，以反切注音之方式始見，齊梁

時又進一步發展出四聲理論，字書編輯便反映此一階段之研究成果，如《龍龕手鑑》繼承《說文解字》，以部首編排收字，部首、同一部首內收字之排列，皆以平、上、去、入四聲爲序，《玉篇》、《類篇》等均以切語標音，更可見《廣韻》、《集韻》等韻書產生。再往後至明代《字彙》，除標注一字之當時讀音，另見「協音」，此則反映萌芽於宋明時期的古音學研究。

在訓詁方面，對於一字在使用歷程中滋生的多義，較早期的字書或僅用「又某」表示，諸義平行陳列，且未必提供相應之書證，無法交代字義演變之脈絡，後期字書則多先後排列本義、引申義，除呈現一字在語言中的表義功能外，同時展示字義演變的歷時脈絡。此外，早期字書的釋義多僅陳列字義，偶見附加書證，隨後因應訓詁研究的發展，文獻注疏積累日多，較晚期的字書如《字彙》、《康熙字典》等，則不僅得以更加細膩地區隔義項，並且多能在每個義項下附加文獻以佐證字義。今之字辭書亦大致承續相同體例，大量利用傳統字書、《經籍纂詁》等累積的故訓，並於源自文言用法之字義後附加古典文獻書證，於近、現代生成之字義後附加現代文獻書證或現代例句。如此做法，象徵字書體例日臻成熟，具體來說有兩層意義，一則不僅使所列諸義信而有徵，一則揭示字書中之字義源於具體存在之書面語言，並非字書編者之主觀定義。

當代之語文研究，除於傳統文字、聲韻、訓詁學研究上仍不斷累積，並取經西方學術，開展了詞彙、語法之研究，再次爲字書編輯挹注活水，今於字書中所見之詞性標注等，抑爲新興學術研究成果之展現。

第二節　漢字字典編輯之發展

教育部編輯《異體字字典》，收集了《說文解字》及其以後之 62 種字、韻書作爲基礎文獻，實已囊括了歷代重要漢字字典，茲參考該典《編輯總報告書》中之「常用參考書目」，節取其中清代以前著作，並依出書年代重新排序於下：

〔圖表〕7：教育部《異體字字典》基礎文獻列表

書　名	作　者	成　書　年　代
說文解字	漢·許愼著	建光元年（西元 121 年）

玉篇	南朝梁・顧野王原編 / 宋・陳彭年新編	大同九年（西元 543 年）/ 大中祥符六年（西元 1013 年）
干祿字書	唐・顏元孫	成書年代不詳，然顏氏卒於西元 732 年
五經文字	唐・張參	大曆十一年（西元 776 年）
新加九經字樣	唐・唐玄度	開成二年（西元 837 年）
佩觿	宋・郭忠恕	成書年代不詳，然郭氏約卒於西元 977 年
龍龕手鏡	遼・行均	統和十五年（西元 997 年）
漢隸字源	宋・婁機	慶元三年（西元 1197 年）
廣韻	宋・陳彭年等	景德四年（西元 1007 年）
集韻	宋・丁度等	景祐四年（西元 1037 年）
古文四聲韻	宋・夏竦	慶曆四年（西元 1044 年）
類篇	宋・司馬光等	治平三年（西元 1066 年）
精嚴新集大藏音	宋・處觀	元祐八年（西元 1093 年）
四聲篇海	金・韓道昭、韓孝彥	泰和八年（西元 1208 年）
字鑑	元・李文仲	約成書於西元 1321 年稍後
六書正譌	元・周伯琦	至正十五年（西元 1355 年）
重訂直音篇	明・章黼著 / 明・吳道長重訂	天順四年（西元 1460 年）/ 萬曆三十四年（西元 1606 年）
俗書刊誤	明・焦竑	萬曆三十八年（西元 1610 年）
字學三正	明・郭一經	萬曆二十九年（西元 1601 年）
字彙	明・梅膺祚	萬曆四十三年（西元 1615 年）
正字通	明・張自烈	編年不詳，然張氏卒於西元 1650 年
字彙補	清・吳任臣	康熙五年（西元 1666 年）
康熙字典	清・張玉書等	康熙五十五年（西元 1716 年）
隸辨	清・顧藹吉	康熙五十七年（西元 1718 年）
經典文字辨證書	清・畢沅	乾隆年間（西元 1736～1795 年）
金石文字辨異	清・邢澍	嘉慶十四年（西元 1809 年）
增廣字學舉隅	清・鐵珊	同治十三年（西元 1874 年）

　　通觀上表之 27 部文獻，可謂已網羅傳統漢字工具書之精要，且具有多樣性，與一般概念中的「字典」較爲不同者，如《漢隸字源》、《隸辨》、《金石文字辨異》以陳列字形及出處爲主，以「字表」方式呈現，《廣韻》、《集韻》、《精嚴新集大藏音》屬音韻書，惟此數者皆以「字」爲編輯主體，加以析形、立義、記音，自可視爲字典。這些傳世字書，在不同的時空背景下編成，各

有其獨特之價值，也在字、辭典編輯方法演進歷史中扮演或輕或重的角色，其中筆者以爲《說文解字》、《干祿字書》、《龍龕手鏡》、《字彙》、《康熙字典》幾部在今日字、辭典編輯之足跡尤深，故作爲探求傳統漢字字典編輯方法之對象。並擬經由對於傳統字書編輯之理解後，得出現代字書編輯之傳承與創新之處。

一、傳統字書之體例特色與編輯觀念

此擬先行探討單一字書著作之體例特色，並推論背後的編輯觀念，然後加以歸納，期能作爲漢文佛經異體字字典編輯規劃之參考。在傳統字書的選擇上，觀歷代各部字書，各有其可書之處，惟就編輯觀念、編輯技術切入，筆者以爲《說文解字》、《干祿字書》、《龍龕手鏡》、《字彙》、《康熙字典》五部在漢字字典編輯史上影響特深，故以此五部作爲論析對象。

（一）傳統字書之體例特色

1、《說文解字》

東漢許愼撰，十四卷，爲第一部系統性分析字形及考究字源的漢字字書。按文字形體及偏旁構造分列五百四十部，首創部首編排法。字體以小篆爲主，收錄九千三百五十三字，列古文、籀文等異體爲重文，共計一千一百六十三字。每字下的解釋大抵先說字義，次及形體構造及讀音，依據六書解說文字。晚近注家以清代段玉裁、桂馥、朱駿聲、王筠最爲精博。

就辭書編輯角度而言，《說文》對於後世影響最深者爲其部首系統。其創制五百四十個部首作爲字形領綱，其後同樣以部首爲字形分類之字書，如南朝梁顧野王之《玉篇》、宋代司馬光之《類篇》，大致上仍屬《說文解字》的五百四十部之系統，至明代梅膺祚《字彙》方準楷體之形，加以變革，將《說文解字》的五百四十個部首歸納併合，建構了二一四部首系統，於同一朝代後出之張自烈《正字通》至後來清代官修之《康熙字典》，則沿襲《字彙》分部。自此，二一四部首成爲後代字書編撰的主要部首系統，縱使在不同字書中，各字部居或稍有異動（如「萬」字或歸「艸」部，或歸「内」部），部數或稍有刪減（如《大學字典》），基本上仍不離二一四部首的架構。惟論字書部首，仍須溯源至《說文》，茲概說如下：

（1）《說文》之部首編排

關於「部首」的設立，馬敍倫先生認爲：「《説文》五百四十部，此見許君自敍。然今部首，未必爲許君之舊。」〔註13〕以此說，五百四十部首系統係見於許慎《說文解字》，今之部首系統則非完全沿襲許氏之創制。然而，許慎《說文解字》將五百四十個部首作爲字形歸納依據，確爲字書之首見，是以，論及字書中之部首編排，無可避免地必須溯及《說文解字》之部首應用及許慎建置部首系統之用心。而若一窺《說文解字》之編輯動機及體例用心，許慎自序爲重要依據。其序文中，相涉於體例之說明有以下段落：

> 今敍篆文，合以古籀，博采通人，至於小大，信而有證，稽譔其説，將以理羣類、解謬誤，曉學者、達神恉。分別部居，不相雜廁，萬物咸覩，靡不兼載。厥誼不昭，爰明以諭，其偁《易》，孟氏；《書》，孔氏；《詩》，毛氏；《禮》，周官；《春秋》，左氏；《論語》、《孝經》，皆古文也。於其所不知，蓋闕如也。〔註14〕

關於這段綜論性的行文，曾榮汾先生以字書編輯之角度，抽取出其中的體例概念加以歸納，他認爲：

> 如果將這段話的重點，轉爲體例，則可分析如下：
>
> 1、本書之收字，各領域兼收備載。
>
> 2、本書之字頭，以篆文爲主，以其近於古籀。
>
> 3、本書之字頭，依部首條理排序。
>
> 4、本書之解說，參考通人之說，力求精確解紛；凡有未知，則從闕。
>
> 5、本書之解說，或引書以佐證，經書則爲古文經。〔註15〕

再由上述幾點，抽取出相涉於部首的部分，又大致可得本書部首體例之整體概況如下：

A、本書之部首分析，係以字頭爲準，字頭字形又以篆文爲主。

B、本書正文之收字編排，係以部首次第之。

〔註13〕馬敍倫，《讀書小記及續記》（臺北：鼎文書局，1978年）。

〔註14〕漢・許慎著／清・段玉裁注《說文解字》（臺北：洪葉文化事業有限公司，1998年）。

〔註15〕曾榮汾，〈《說文解字》編輯觀念析述〉，《先秦兩漢學術》第3期，2005年。

此外，在許慎自序中，另可見有關部居字形用義之說明。許氏說到〔註16〕：

其建首也，立一為耑。方以類聚，物以群分。同條牽屬，共理相貫。

雜而不越，據形系聯。

據此，或可進一步推測，許氏係基於「方以類聚，物以群分」之概念，將所有 9,353 個字頭進行分類，然後得出五百四十個部首。這裡雖然看不出所謂的「類」是從哪個角度切入，但以結果來看，許慎以此五百四十個部首統攝所有字頭，確有「雜而不越，據形系聯」之效。段玉裁對於這段文字的解讀為〔註17〕：

系者，縣也；聯者，連也。謂五百四十部次弟，大略以形相連次，

使人記憶易檢尋。如八篇起人部，則全篇三十六部皆由人而及之是

也。雖或有以義相次者，但十之一而已。

就段氏此段注文，「據形系聯」係指「五百四十部次弟，大略以形相連次」，故如第八篇由「人」部始，全篇之三十六部皆與「人」具有形類關係，其間「雖或有以義相次者，但十之一而已」。換句話說，段氏以為《說文》之各部首是以「形」相聯，以「義」相繫當屬輔助原則，故「但十之一而已」。由段氏所舉第八篇來看，於「𠂊（人）」部後，「匕」以倒「𠂊」之形而次之，「𠤎」以反「𠂊」之形再次之，「从」則以重「𠂊」之形又次之，至於「𠂊」、「匕」、「𠤎」、「从」在意義上是否有所相繫，此不論也。由此觀之，《說文》部首編排優先考慮形之繫聯，「據形繫聯」之同群部首字間，基本上具有「形類」關係，不必然具有「義類」關係，此當屬確論。

（2）《說文》字頭之歸部

若以部首之編排邏輯類推，《說文》中歸部相同之字，其間雖必然具有「形類」關係（具有相同部首偏旁），許慎恐怕也未必有意識地聯繫其「義類」，苟如此，部居於同一部首下之字群，僅能說明其具有共同偏旁（部首），無法表徵具有相涉字義，「凡某之屬均从某」中「屬」之具體所指係為形類，而非義類，部首則不具有表義功能，「部首識字」教學方法亦無可循理據。欲解此疑慮，首先必須釐清許慎如何分部與歸部。關於這個問題，大致可由以下兩

〔註16〕漢・許慎著／清・段玉裁注《說文解字》（臺北：洪葉文化事業有限公司，1998年）。

〔註17〕漢・許慎著／清・段玉裁注《說文解字》（臺北：洪葉文化事業有限公司，1998年）。

個角度加以觀察：

A、歸部所取之偏旁

字書歸部有兩種類型：一為依循六書原則，歸部以形符偏旁為準，以各字群之共同形符為部首；一為依循檢字原則，歸部所取偏旁性質不拘，以各字群之共同偏旁為部首，且為求查檢之便，部首分類儘量從簡。觀《說文》之字頭歸部，多取一字之形符偏旁，而形符本有表義之作用，具有共同形符偏旁者，則大致具有相涉的字義〔註18〕。如「人」部下的二百多個屬字，「人」均為字形中之形符，試以數例觀之：

【部首】

人，天地之性最貴者也。此籀文。象臂脛之形。凡人之屬皆从人。

【屬字】

僮，未冠也。从人童聲。

保，養也。从人，从采省。

仁，親也。从人从二。

企，舉踵也。从人止聲。

伯，長也。从人白聲。

儈，合市也。从人、會，會亦聲。

以上六字，「人」確皆為字構中之形符，其中「企」、「伯」二字，形符「人」以外的另一偏旁「止」、「白」亦為部首字，惟屬聲符，未據以歸部，概可推知其據形符歸部之大原則，則部居於同一部首下之字群，字義故彼此相涉，部首即標誌該字群之義類。

B、各部首收字之字序編排

關於同部之字之編排，許慎《說文》自序中未見相關說明，段玉裁則有所體會，其另於「一」部之末注云：

凡部之先後，以形相近為次；凡每部中字之先後，以義之相引為次。

《顏氏家訓》所謂櫽括有條例也。《說文》每部自首至尾，次弟井井

〔註18〕此處係採曾榮汾先生所提概念：「漢字為形符系統，具藉形定義的特色。」詳見〈略論漢字藉形定義的特色〉（第十六屆文字學學術研討會，2005 年）。

如一篇文字，如一而元；元，始也，始而後有天；天莫大焉，故次

之以丕；而吏之从一終焉是也。〔註19〕

據段氏見解，《說文》部首之序次以形為據，各部收字之序次則以義為據，除上諱之字固定次於部首字〔註20〕，其餘屬字則依相涉之義予以「群分」，再依義之近遠加以列次。此仍以「人」部字之前數例觀之：

人，天地之性最貴者也。此籀文。象臂脛之形。凡人之屬皆从人。

僮，未冠也。

保，養也。

仁，親也。

企，舉踵也。

仞，伸臂一尋，八尺。

仕，學也。

佼，交也。

以上所列的幾個字，「人」為部首，「僮」至「佼」則大致可群分為三：一為人之倫常關係，「僮」、「保」、「仁」屬之；一為人之行止，「企」、「仞」屬之；一為人之作為，「仕」、「佼」屬之。由此可見，「人」部屬字不但具有共同的上位義類「人」，各字群之屬字間還有更進一層之義類彼此相繫。據此，再次驗證部首之表義功能。

（3）《說文》部首系統之功能

關於《說文》以義類聯繫全書 9,353 個字頭之編輯體例，曾榮汾先生就字書檢索角度，對此歸類方式評價為：

這種體例把每一部建立一個至數個「義類」，雖然查字仍屬不易，但一個字只要知其字義，概略位置卻可推之。　當然就後代查索便利來說，此種義類歸分的檢索對一般使用者來說仍是極為困難的。所以丁福保囑沈伯乾依《康熙字典》編輯《說文解字詁林

〔註19〕漢‧許慎著／清‧段玉裁注《說文解字》（臺北：洪葉文化事業有限公司，1998年）。

〔註20〕如「艸」部中，「莊」為上諱，則列於部首字「艸」之後。

通檢》，將篆字全改以楷書，依筆畫多寡排序，《康熙字典》分部
難尋者，如「相」歸「目」而不歸「木」、「酒」歸「酉」而不歸
「水」等，並以「兩部兼收」方式解決，以求「人人能檢查也」，
丁氏觀念自是進步，但此法只適於方正之楷體，如就圓曲之篆體
而言，恐《說文解字》此種排序仍應給予極高的肯定。〔註21〕

然而，無論《說文》五百四十部首之分類及各部字序編排於字書查索之功能如
何，以其歸部所取爲形符偏旁、各部首收字以義類排序這兩項體例特色推斷，
當可確認其部首系統確實具備了表義功能，所謂「凡某之屬皆从某」，即表「某」
下收字大致均可統攝於「某」之義類下。

2、《干祿字書》

　　唐顏元孫撰，一卷，爲唐代字樣字書。唐代文字整理始於太宗，顏師古
的《顏氏字樣》爲首部專門字樣書，當代還另有張參的《五經文字》〔註22〕，
惟此二部皆以明經爲目的，以考訂經典文字爲主，張參於序例即明言：「自非
經典文義之所在，雖切於時，略不集錄，以明爲經不爲字也。」《干祿字書》
方較爲全面地整理文人學士之日常用字，其書據劉中富先生的統計，本書整
理漢字 804 組，凡 1656 字〔註23〕，以固定體例加以編排。其成書動機，觀其
序言云：「史籀之興，備存往制，筆削所誤，抑有前聞，豈惟豕上加三，蓋亦
馬中闕五。迨斯以降，舛謬實繁，積習生常，爲弊滋甚。」就此描述，顏氏
與許慎的處境有類同之處，一樣是面臨了字體歷經流變而訛體滋生的實況，
爲能改革，故撰著此書以作爲當世正確用字之依據，從而建立統一規範。而
由於當時的科舉考試亦重書寫之正確性，此書可作爲考試準備用書，故名曰
「干祿」。

　　綜合本書作者自序及正文內容，可概窺其編輯精神及體例，其中收字編
排以字音爲序、同偏旁之字不重出等體例，於後世字書均見承襲，但筆者以
爲下列幾項尤具啓發性：

〔註21〕曾榮汾〈《說文解字》編輯觀念析述〉（《先秦兩漢學術》第 3 期，2005 年）。

〔註22〕《五經文字》唐代張參所撰，初書於屋壁，後見於木刻及石刻，至後姑始雕成印
　　　版，刊行於世，全書收錄三千二百餘字，以部首編排，計有一百六十部。

〔註23〕詳見劉中富《《干祿字書》字類研究》（濟南：齊魯書社，2014 年）。

（1）成組收編字形並區辨俗、通、正字

收字以成組方式呈現，每個字形「具言俗通正三體」〔註24〕，字組中必見正體，俗、通體則或兼有之，或僅見其一，又有時一筆資料中可見二組以上的正、俗（通）字，所謂俗、通、正三體，則於序言中說明：「所謂俗者，例皆淺近」；「所謂通者，相承久遠」；「所謂正者，並有憑據」。又字組中均先置俗、通字體，再置正字，茲舉數個字組為例：

　　煞煞殺　上俗中通下正。

　　聡聰聰　上中通下正。

　　切功　上俗下正。

　　俞俞㲋㲋　竝上俗下正。

　　近匠况況恙恙　上俗下正。

此以字組呈現收字，並區辨正字與他體的做法，開創了字書的新體例，後世如遼代《龍龕手鑑》、元代《字鑑》、清代《經典文字辨證書》等均見相同體例。

（2）樹立標準字體又同時兼容異體

文字使用者因追求便利而簡化既有字形，是實質的用字需求；因個人書寫習慣而改易筆勢及點畫，也是很自然的用字現象。換句話說，一字多形的情況導源於實用及積習，變故易常談何容易！然立足於符號表義之效能要求，眾人如能使用相同符號表義，勢將較有利於廣泛溝通，就如三角形在多數國家的交通標誌中均表警告，此符號則具備國際溝通之效能，人們也無須因跨國移動而需要另外學習。文字符號當然亦如此，若能統一眾人所用文字符號，使彼此間之溝通無礙，不但有助於人際來往，亦有助於文化傳播、國家政令宣導、語文教育，是以，秦代始皇有「書同文」政策，隋唐因應科舉考試對文字書寫正確性之高度要求，亦加重視字樣的樹立。顏元孫於本書自序中便提及伯祖師古於此之成就，其云：「元孫伯祖故秘書監，貞觀中刊正經籍，因錄字體數紙，以示離校楷書，當代共傳，號為《顏氏字樣》。懷鉛是賴，汗簡攸資，時訛頓遷，歲久還變。」這段話肯定了《顏氏字樣》之功效，同時透露自身繼志述事之想。然而，顏氏並不因樹立字體標準為當代依歸之企圖，刻意忽視一字多形的用字

〔註24〕詳《干祿字書》（臺北：商務印書館，1965年）之作者自序。

實況，除正體外，另兼收相應於正體的俗、通字體，惟提出各體分用的概念。序言中便說明了正、俗、通字體的性質及適用場合：

> 所謂俗者，例皆淺近，唯籍帳文案、券契藥方，非涉雅言，用亦無爽，倘能改革，善不可加；所謂通者，相承久遠，可以施表奏牋啓、尺牘判狀，因免詆訶；所謂正者，並有憑據，可以施著述文章、對策牌碣，將爲允當。〔註25〕

此積極主張「著述文章、對策牌碣」應使用正體，另將俗體、通體安置於「籍帳文案，券契藥方」及「表奏牋啓、尺牘判狀」，對即陳的用字現象顯示了包容的態度，惟建議有限度地使用俗體及通體，進而期許俗體「倘能改革，善不可加」。此一漸進推行語文規範的做法，就國家語文政策層面觀之，有不逆常俗、循序漸進之優點，足資後世推行政策時之參考；在字書編輯層面上，確立正體，提供明確語文指引，又並存異體，記錄當代用字實況，則示範了字書兼備「語文使用指引」、「語文使用紀錄」兩大功能之編輯模式。

（3）正字取形兼顧源流及時宜

語文工具書具有語文指引功能，無論是否企圖樹立用字規範，均須訂定選詞用字之原則，作爲編輯時立目及行文之依據，《干祿字書》標榜樹立用字標準又兼收俗體，除建立上述內部編輯之用字原則外，還需要提出正、俗體之判定準則。此書雖無凡例文件，詳盡說明所訂準則，惟序文有云：「字書源流起於上古。自改篆行隸，漸失本眞。若總據《說文》，便下筆多礙。當去泰去甚，使輕重合宜。」〔註26〕窺此言，其正體取形，意在「尙古」，主從《說文》，惟又考慮時宜，若《說文》字形確實有礙書寫之便，則不妨改革，另取他形爲正。顏氏此言傳達了二項極爲重要的概念：（1）「遵古」並非語文標準擇取之唯一原則，考流之外亦須兼顧時宜；（2）字樣並非歷時不變，前人所訂標準（漢代《說文》）應予參酌，視當代實況加以調整亦屬必要。

觀顏元孫距許愼之時約七百年，對於標準字樣的認定已有不同，今距《說文》之世近兩千年，差距更鉅，故對於《說文》所立本形之參照程度當然更須審愼衡量。惟傳統小學（文字、聲韻、訓詁）雖稱源流並重，惟研究路徑

〔註25〕詳《干祿字書》（臺北：商務印書館，1965年）之作者自序。

〔註26〕唐・顏元孫《干祿字書・序》，叢書集成簡編，臺北：臺灣商務印書館，1965年。

多偏重本源，談文字形義時或宗《說文》，或追古文字形，而字書編輯不離傳統小學範疇，故亦有特重源頭之傾向，如義項排列多以本義爲現、詞彙用字以見於較早文獻者爲準，此做法有助於展演呈現流變脈絡，有其無可顛覆之意義，但語言是與時俱變的，是由不同時代的人約定成俗的，字、辭典作爲提供當代讀者使用的語文工具書，當然必須立足於當代語用實況，使編輯成果切合當代的普遍語感和共識。《干祿字書》中提揭的「時宜」概念，表現了對於語言流變的體認與接納，以及務實的編輯觀，至今仍爲字、辭典編輯追求的目標。

（4）收字編排以字音爲序

南北朝後，詩賦創作開始講究「四聲」，唐代考試以詩賦取士，提昇了此一學問的重要性，使四聲之學之發展更爲蓬勃。《干祿字書》具考試用書性質，或因應考試創作詩賦之需要，採音序編排收字字序，先按平、上、去、入四聲分部，同聲部中再依韻部爲序加以陳列。此以音序作爲字序的編排體例，在以形爲主體的字書中爲首開先例，其後蔚爲主流，如宋代郭忠恕《佩觿》、宋代張有《復古編》、遼時釋行均《龍龕手鑑》、元代李文仲《字鑑》、明代焦竑《俗書刊誤》等亦皆採音序編排收字。

3、《龍龕手鑑（龍龕手鏡）》

遼代僧人釋行均撰，四卷，收錄佛經及其他文獻用字共二萬六千餘字。原名《龍龕手鏡》，後因避宋太祖祖父「敬」之諱，宋刻本遂改書名爲《龍龕手鑑》。是一部佛學字書，以使佛教徒能研讀佛經、理解佛理爲編纂目的，含有大量佛經俗寫字，包含已成俗的訛字，部分學者不以爲然，然以今之學術研究觀之，其於傳統小學、俗文字學、辭典學、佛學等領域均有其不可抹滅之價值。在編排方面，係以部首統攝收字，部首字則以平、上、去、入歸類，四聲分別有九十七、六十、二十六、五十九部，共計二百四十二部，各部收字陳列亦按四聲爲序，若有一字多形情形，其編制與《干祿字書》同，概將正、俗、或體及古、今字及或體併爲一字組再予說解。

綜觀《龍龕手鑑》之編纂體例，既有所承亦有開創，如成組收編一字多形係承自《干祿字書》，以部首類分收字之觀念則承自《說文》，收錄大量俗字之做法亦有其時代意義，茲概述如下：

（1）刪併《說文》立部並另立新部

《說文》所立部首有五百四十部，唐代《開元文字音義》立部三百二十部〔註27〕，已大幅減少，宋代張參《五經文字》則僅有一百六十部，未及《說文》部首量之三成。惟前者書已不傳，難以具論；後者收字止三千二百餘，字數亦約《說文》三成之譜，部首數量隨之減少似屬理所當然，《龍龕手鑑》收有二萬六千餘字，立部二百四十二，明確有大量刪併《說文》部首之施為，故更適於作為字書立部數量演變之探討對象。

觀《說文》五百四十個部首，本書承用者計一百九十一部，另三百四十九個部首則或省或併。普遍來看，《說文》部首凡為複體字者，原則上併入獨體，如：「吅」、「㗊」併入「口」，「叒」、「叕」併入「又」，「林」併入「木」，「从」、「众」併入「人」；形體較繁且組成構件中有較簡部首形者（含形似部首），則併入該較簡部首，如：「茻」、「蓐」併入「艸」，「熊」併入「火」，「殺」併入「殳」，「眉」、「盾」併入「目」。惟行均一面刪減《說文》部首，一面又因應所收字形而增立數十餘部首，增減後立部總數為二百四十二部，所增部首中有雜部，另有部分係依據俗寫字形，又有將同一字之變形分為二部首等情形，諸多做法均有再檢討的空間，惟仍具有承先啓後之功，金國韓孝彥、韓道昭父子編著之《四聲篇海》即大量採用其新增部首。

（2）採用論形不論義之歸部觀念

《說文》基於依六書原理，原則上以表義的形符構件為歸部依據，故各部首從屬之字不但具有共同的「形」，也具有共同的「義」，是為形義兼顧；至於《龍龕手鑑》，由其分部結果觀之，無法推斷行均有主形不主義的立場，惟經考查各部首從屬字，發現有大量字，其形構中確實可見所屬部首之形，但無該部首之義，此現象則反映了以「形」為的主歸部傾向，如：「縻」（《說文・糸部》：「从糸，麻聲。」）歸「广」部，釋「繫絆」，無崖邊屋舍義；「煢」（《說文・卂部》：「从卂，營省聲。」）歸「火」部，釋「孤獨」，無火、焚義；「畚」（《說文・甾部》：「从甾，弁聲。」）歸「田」部，釋「草器」，無土地

〔註27〕宋・王應麟《玉海》引宋・陳騤《中興館閣書目》：「《開元文字音義》二十五卷，玄宗撰。其序云：『古文字惟《說文》、《字林》最有品式，因備所遺缺，首定隸書，次存篆字，凡三百二十部，合為三十卷。』今止存二十五卷。」

義。依工具書使用途徑，讀者必須先檢字然後能識字，在未識所查詢字之音、義前，字形組成之各構件是無分別的，實從得知孰為義符，甚而無法判斷某構件是否僅為義符、聲符之局部零件，故就檢字來說，「以義符為部首」的規律可能造成部首判斷的困擾，即形拆解而不論字義，確為較簡之法。

據李淑萍先生之統計，本書「有一百九十一部與《說文》同，佔其書部首總數近八成」，並進一步推論「《龍龕手鑑》依循《說文》『以形分部』之傳統」〔註28〕，由以上討論則可知，二者之「形」實具有不同內涵，《說文》之「形」兼載義，《龍龕》之「形」則為「構件」概念。而此一重形不重義的歸部方式，《龍龕》並非首見，唐代張參之《五經文字》已見相同概念，如其「廿」部收「堇」（《說文・堇部》：「从土从黃省。」）、「歎」（《說文・欠部》：「从欠，鸛省聲。」）、「燕」（《說文・燕部》：「象形。」）、「庶」（《說文・广部》：「从广、茨。」），已突破《說文》以義別類之舊例，走上形類相從之途徑，行均承之而有所發皇，更進一步地擺脫《說文》概念之局限，部首功能於是由「聚合義近字群以呈現義類」轉向「聚合形近字群以便於檢字」，使後世字書立部與歸部時，除考量《說文》所持的文字學理立場外，並同時關切部首在檢字上可發揮的效用。

（3）將部分字形重收於不同部首

一字重出於不同部首的情形，實於《說文》已見，筆者於拙作〈《說文解字》重出字探析〉〔註29〕一文羅列《說文》重出字二十餘組，其中「右」（見口、又二部）、「吁」（見口、亏二部）、「吹」（見口、欠二部）、「否」（見口、不二部）、「愷」（見豈、心二部）、「塗」（見水、土二部）、「敳」（見放、出二部）七字均重收於二個部首，惟許慎序言中未見提及相關體例，此情況所占比例又極少，無法推測此為有意之作為，清代段玉裁作注時，更直接斷定為「誤植」。整體來看，《說文》應仍是以一字一部首為基本原則，《龍龕手鑑》則大量出現一字重出多部首的情形，如：「受」（《說文・受部》：「从爪从又。」）見於「爪」、「又」二部，「髟」（《說文・髟部》：「从長从彡。」）見於「镸」、

〔註28〕詳見李淑萍〈論《龍龕手鑑》之部首及其影響〉（《東華人文學報》第十二期，2008年1月）。

〔註29〕拙作〈《說文解字》重出字探析〉收錄於《輔大中研所學刊》第33期（臺北：輔仁大學中國文學研究所，2015年6月）。

「彡」二部，「从」（《說文・从部》：「从二人。」）見於「刀」、「雜」二部，「由」
（《說文・由部》：「象形。」）見於「田」、「雜」二部。李淑萍先生認爲行均
「已有重出互見之觀念」，並且加以評論〔註30〕：

> 以文字觀點來看，重出互見或許代表字書編纂者對文字認識不清，
> 界定未明，但站在字書編纂立場而言，其「重出互見」，旨在便於檢
> 索，是有其正面的意義。

觀上述重出之例，大概可推測編者是顧慮讀者對一個字的部首判斷未必一
致，以「受」爲例，便可能作出「爪」部及「又」部兩種判斷，故重出於二
部中，確實提昇了檢字的便利性。惟其重出與否之判定似無明確標準，如「雜」
部中有「从」、「卢」二字，形構中雖明顯分別有「刀」、「尸」二部首形，卻
皆列爲「雜」部，又「从」重出於「刀」部，「卢」則未重出於「尸」部，其
歸部及重出之規則難以推敲。今於《龍龕手鑑》未見凡例文件，無法明確掌
握其收字重出原則，就結果來看，則略顯缺乏章法，但無論如何，使相同字
形重出於多個部首以便於檢索，其用心值得肯定，也是新的字書編輯概念。

（4）偏重手寫俗體字形之收錄

漢季佛教傳入中土，也同時開啓了漢譯佛經的歷史，至行均之世，已累積
可觀之量，惟由於印刷術尚未普遍，經書於大量傳抄後，俗訛字布滿經紙，阻
礙了僧人門徒對經文之解讀，進而影響對佛理之吸收，智光爲《龍龕手鑑》所
作序言中便提到：

> 釋氏之教，演於印度，譯布支那，轉梵從唐，雖匪差於性相，披教
> 悟理而必正於名言，名言不正，則性相之義差，性相之義差，則修
> 斷之路阻矣。

行均此書係因應佛經混亂現象而生，以使僧人門徒能識讀寫本佛經文字爲目
的，是以大量收錄佛藏寫本用字，且偏重於較爲紛亂的俗體，其中自含所謂
的「訛字」，又時見置於與本字平行的位子，故見有非議，錢大昕先生便曾批
評：「夛、歪、甫、孬本里俗之妄談，崩、悳、坒、卡悉魚豕之訛字。而皆繁

〔註30〕詳見李淑萍〈論《龍龕手鑑》之部首及其影響〉（《東華人文學報》第十二期，2008
年1月）。

微博引，汗我簡編。」〔註31〕然如潘重規先生則發掘本書價值，給予極高評價〔註32〕：

> 千載之後，敦煌寫本數萬卷復現於天壞間，讀者摛埴冥途，暗中摸索，求一導夫先路者不可得，而《龍龕手鑑》炳然一燈，閃耀千古，照明發伏，得不謂為學林之大幸耶？今舉世皆讀刻版書，而敦煌寫本獨存，欲求行均其人，斷不可再得，是則謂《龍龕手鑑》即敦煌專造之字書可也。清儒不見敦煌遺書，未明真相，橫加詆毀，遂使龍龕之功效，鬱千載而不彰。今幸得窺其奧蘊，使後之學者，取敦煌寫本以證《手鑑》而《手鑑》明；取《手鑑》以證敦煌寫本而寫本明，行均編集之功於是為不唐損捐矣！

5、《字彙》

明梅膺祚撰，十四卷，收錄文獻常用字、俗字等共三萬三千餘字，僻字則收錄較少。全書按子、丑等地支分為十二集，其中收字則依楷體偏旁分部，注音先列反切，後標直音，字義說明頗稱淺白，易於理解，收錄堪稱完備，為當代重要字書，《字彙補》嚴沆序言中便評價到：「近人論字學，莫不推宣城《字彙》，綜而不遺，條分而不紊，為書學大成。」惟於清季《康熙字典》問世後遂隱沒不顯，後亦未見於《四庫全書總目》。

相較於前代字書，梅氏對於字書「工具性」面向的功能更為注重，不但加強了資料編排的系統性，字形、字音、字義之收錄亦趨完備，為當時具有代表性的大型漢字字書，也是考查漢字演變脈絡時不可或缺的材料。更重要的，自聚合形類、以形分部的觀念興起後，就不乏有字書編者加以嘗試，如《五經文字》、《九經字樣》、《龍龕手鑑》、《精嚴新集大藏音》、《字通》、《四聲篇海》均各有所成，至梅氏編纂《正字通》，循前例再加以改良，二一四部首系統雛型乃成，之後張自烈所撰之《止字通》以其部居為準，清代《康熙字典》又以《字彙》、《正字通》為底本，後世字書又多承《康熙字典》。是以，

〔註31〕詳見清・錢大昕〈跋龍龕手鑑〉（《潛研堂文集》卷二七，臺北：臺灣商務印書館，1979 年）。

〔註32〕詳見潘重規〈龍龕手鑑新編引言〉（《文藝復興》第一一九期，臺北：中國文化大學華岡學會，1981 年 1 月）。

《字彙》於字書編輯發展中實占有不可取代的地位，其對後世影響較爲深遠之部首相關體例如下：

（1）創制二一四部首系統雛型

字書收字編排或依字形，或依字音，字形部分以依部首歸類爲主流，部首歸類則分《說文》一系之義類分部及《五經文字》一系之形類分部。形類分部方法經《五經文字》以來幾部字書之實驗，部首數量均較《說文》大爲減少，至金韓氏父子所編《四聲篇海》，部首概念兼採偏重義類之《玉篇》〔註33〕及偏重形類之《龍龕手鑑》，歸納出五百七十九個部首，爲歷代最多，後經改併重編，將複體、繁體併入較簡者，又合形近者爲一，減爲四百四十四部，雖然部首數量仍多，但在減併的過程中，導出了較《龍龕手鑑》更爲清晰及完備的併部觀念，對明代梅膺祚所編《字彙》具有啓迪之功。梅氏承其遺緒，採大致相同之併部原則，繼續部首變革，將韓氏歸併未盡者再加以整合，對於其中可再析解的部首形施力尤多，如併「丁」入「一」、併「于」入「二」、併「令」入「人」、併「元」入「儿」、併「眉」入「目」，另又取消「雜」部，將韓氏歸於此部諸字分歸他部，最終確立了二百一十四個部首。

部首數量減少，首先能降低讀者「猜錯部首」的機率，如「敖（敖）」字，《說文》析爲「从出从放」，納於「放」部〔註34〕，惟讀者當係不識「敖（敖）」

〔註33〕梁・顧野王《玉篇》將《說文》五百四十個部首刪其十一，再因應楷體字形之增加另補充十三部，定出五百四十二部。陳怡如先生之博士論文《《正字通》正補《字彙》之研究》第三章（臺北：臺灣師範大學，2011 年）說到：「宋本《玉篇》設立五百四十二部。表面看來似乎和《說文》的差別不大，但實際上部首觀念已有明顯變化。」並列舉《玉篇》新設四部中部首與屬字無意義關係爲證。惟《玉篇》之五百四十二部中，異於《說文》者二十四部，占約 4%，比例極低，二萬餘收字中則僅十字與所屬部首毫無意義關聯（此據呂瑞生先生於 1994 年提出之碩士論文《歷代字書重要部首觀念研究》第二章）。由此推測，《玉篇》部首大致仍依循《說文》以義類爲依歸之原則，其中與部首僅見形類關係之少量屬字，當如呂先生所言：「並非編者有意爲之，而乃爲適應文字演變之實況，故此項原則，並未大幅施行於全書中。與後代字書，爲查索方便，乃以形分部之舉，實大異其趣。」（亦見於《歷代字書重要部首觀念研究》第二章）是以，筆者仍將《玉篇》分部歸入「採義類概念」一系。

〔註34〕「敖（敖）」於《說文》重出，見於「出」、「放」二部，段玉裁於「放」部收字下注云：「出部又收此，後人妄增也。」（詳段注本《說文解字》，臺北：洪葉文化事

字音義故須查索，自無法依六書原則析解其形符及聲符，或先就形拆解得「出」、「方」、「攴」、「放（放）」幾個可能的部首，然後再逐一查找，《字彙》取消了「出」、「放」部，「敖」之可能部首僅餘「方」、「攵（攴）」兩種可能，「攵（攴）」又爲較明顯之偏旁，讀者命中的機率便大幅提升，接受度自然較高。又二百一十四個部首中，梅氏所創者僅「艮」一部（收錄「艮」、「良」、「粮」、「艱」及其異體「𣎆」等五字），其餘全承自《說文》、《龍龕手鑑》、《玉篇》、《四聲篇海》等前代字書，呂瑞生先生認爲這也是此一部首系統普及之因，其評論道：「《字彙》之部首改革所以能爲眾人接受，與其部首大致不離傳統有關。」〔註35〕再者，由被取消部首中流出之大量字形，梅氏在未設「雜」部的情形下，能使全部收字分別部居，縱難免有勉強之處，立部規畫仍可稱周延，故雖後世學者或由《說文》一系「釐析字理」之立足點，斥其「分其所不當分，合其必不可合」〔註36〕，仍無礙此法之傳世。

（2）完善以筆畫數爲序之部首編排方法

梅氏在部首序方面亦非墨守成規，其不再沿襲《龍龕手鑑》、《四聲篇海》等以字音爲序之部首編排主流慣例，改循《篇韻貫珠集》之法〔註37〕，以部首筆畫數之少多爲序，由一畫部首「一」後往編排，終於十七畫的「龠」，此一部首編排方式成爲後世字書之部首排序主流。梅氏兄鼎祚爲本書所作序，作以下說明：

> 吾從弟誕生之《字彙》，其耑其終，悉以數多寡，其法自一畫至十七

業有限公司，1998年）此暫依段說，視「出」部爲訛，故云：「納於『放』部」。

〔註35〕詳見呂瑞生之碩士論文《歷代字書重要部首觀念研究》（臺北：中國文化大學，1994年）。

〔註36〕清・朱彝尊《曝書亭集・卷九・重刊玉篇序》：「今之塾師，《說文》、《玉篇》皆置不問，兔園冊子專考稽于梅氏《字彙》、張氏《正字通》，所立部屬分其所不當分，合其必不可合，而小學放絕焉。是豈形聲文字之末與，推而至于天地人之故，或窒礙而不能通，是學者之所深憂也。」

〔註37〕呂瑞生先生認爲明代的《篇韻貫珠集》「『部首』一詞之初見」、「以筆畫次部首序」，故於部首演變史上具有重要地位（詳呂瑞生先生碩士論文歷代字書重要部首觀念研究》，1994年），惟《四庫全書總目》評該書云：「卷帙稍繁，門目亦碎，故立捷法檢尋之，無所發明考證，又俗僧不知文義，而強作韻語，讀之十九不可曉，註中語助之詞，亦多誤用。」多有詆毀，故未爲後世所重。

畫，列二百十有四部，統三萬三千一百七十九字。每卷首爲一圖，

俾檢者便若指掌，閱者曠若發矇。

本書目錄中，羅列所有部首。首先以卷次分群，各部下又標明該部收字字數，如該部首作爲偏旁時有不同形體變化情形，則分主、附形，先列主形，再於其下標明「某同」，如：「人部　亻同七百二十九字」、「尢部　尢兀同五十六字」、「彐部　彑互同七百二十九字」；如主、附形筆畫數不同，附形則不列於主形下，筆畫數歸類以主形爲主，附形則附於所屬畫數之末，以「同某」說明其主形〔註38〕，如三畫末見：「附卜同心　扌同手　氵同水　犭同犬　阝在右者同邑　阝在左者同阜」。同筆畫部首之列次，則上承《說文》「據形系聯」之觀念，如二畫部首群中，「人儿入八」相連，「冂冖」相連，「刀力勹匚」相連，皆爲是例。

　　上述以筆畫數編排部首之方式，不論音亦不論義，純就形體別類與列次，可謂開創新局；同筆畫部首中「據形系聯」部首形之做法，則爲繼述先人遺業。對於部首附形之列載、注明等安排，則顯然是從讀者檢字路徑出發而設想之便利法門，充分展現提昇檢索便利度之用心。整體來說，其部首編排，可謂吸取歷代字書經驗與成果後加以改良。

（3）兼採論形不論義及形似可併觀念歸部

　　漢字由小篆演變至楷書，字形逐漸地脫離圖象而線條化，不同構件經簡化而趨同，故有「同形異質」的狀況。如筆者於拙作〈由部首表義功能論「部首識字」教學法之可行性〉〔註39〕以教育部《常用國字標準字體表》中的二十五個「田」部字爲分析樣本，便發現其中如「番」之「田」表獸掌，「奮」之「田」象盛土之器，「畏」與「異」之「田」象鬼首，「疊」之「晶」爲「晶」之變，均與義爲土地之「田」無關。對於此類「形同某但義非某」者，此書〈凡例〉中列舉「朝」字爲例，歸部原則說明如下：

　　偏旁艸入艸，月入月，無疑矣，至叢从竹也，而附於艸，朝从舟也，

〔註38〕《字彙》首卷另有〈檢字〉專章，亦提供部首主、附形聯繫線索，其開宗明義云：「凡字偏傍明顯者，循圖索部，一舉手得矣，若疑難字，不得其部，仍照畫數於此檢之。」然後完整羅列所有部首附形及所對應主形，如：「凡从亻者屬人部」、「凡从刂者屬刀部」。

〔註39〕拙作〈由部首表義功能論「部首識字」教學法之可行性——以「田」部字爲分析樣例〉收錄於《輔大中研所學刊》第34期（2015年7月）。

而附於月。揆之於義，殊涉乖謬，蓋論其形，不論其義也。

「朝」中「月」形實爲「舟」之變，仍依所見之形，歸入「月」部；至於「蒎」字，據今教育部所定標準字體〔註40〕，上構件之橫筆接豎筆但不交叉，與「艹（艸）」稍異，惟查《字彙》字形作「蒎」，上構件形作「艹」，則情況與「朝」同，據「蓋論其形」之原則，歸「艸」部無疑。另如以上提及之「番」、「奮」、「畏」、「異」、「疊」等字，本書確亦採一致原則，歸入「田」部。除論形不論義外，爲避免立部太多，《字彙》另有「形似可併」之觀念，故於「子」部可見「子」、「孑」，於「木」部可見「朩」、「不」、「米」，於「田」部可見「由」、「甲」、「申」。

歸部若能兼顧形義，使檢字時同時認識文字結構，自是十分理想，惟漢字由篆轉隸，筆形趨簡後，異源同形爲客觀存在之現象，加以梅氏歸部有立部不宜過多之考量，則論形不論義及形似可併確爲有效之因應方式，就其歸部結果來看，故有大量不合文字學理之處。惟自檢字角度觀照，讀者使用字書，多爲查閱未識之字，當不知欲查字之六書結構，故無法知曉「番」之上偏旁非「田」、「朝」之「月」爲「舟」之變，使讀者得就所掌握字形樣貌拆解部首，進行檢字，確使字書檢索更爲簡易。筆者以爲，此做法使不諳六書理論者，亦可得其門而入，大爲擴展了字書服務範圍，強化了其工具性功能，實屬字書編輯觀念之大躍進。

（4）附載凡例說明文件

所謂「凡例」，係指置於書首，以說明著書內容、主旨與編輯體例爲目的之文件〔註41〕。傳統字書多未附此說明，故今人讀解時，常困擾於無法理解體例設計之用心，或未能體認潛在之編輯意旨，如擬窺探，則必須殫精竭力地從序言中拼湊蛛絲馬跡，又或比對大量內容後以偵探精神進行推理。然而，序文常偏於抒志（自序）或讚頌（他人序），言多幽微；由內容實況歸納所得者，則畢竟爲揣測，虛實難明。《字彙》於目錄後設有〈字彙凡例〉一章，羅列十四條說明，分就收字、立部及歸部、形音義說解、書證援引、異體編排、

〔註40〕「蒎」見於教育部《常用國字標準字體表》（臺北：教育部，1979 年）第 03554 號，亦歸於「艸」部。

〔註41〕此說係參考教育部《重編國語辭典修訂本》臺灣學術網路第五版試用版「工具書」條（檢索日期：2016 年 8 月 1 日）。

多音義處理、古今字標注、備考字收錄、檢字等敘明編輯方式，還透露部分前代字書觀察之心得，如第二條說明檢字之部首排序時先云：「《篇海》以字音爲序，每苦於檢閱之煩，今以字畫之多寡循序列之。」即道明了改音序爲筆畫序之動機。總之，一部字典的凡例，從讀者角度觀之，是爲掌握其用法之敲門磚；從編者角度觀之，則爲吸取編輯經驗之寶庫。後如《字彙補》有「例言」，《康熙字典》有「凡例」，現代字、辭典於書首亦多有凡例，確有助於讀者直接了解其內容、主旨、體例。

5、《康熙字典》

原名《字典》，在今傳世之古典傳統字書中，唯見此一以「字典」爲名的漢語工具書〔註42〕。清康熙四十九年（1710年）敕撰，至五十五年（1716年）頒行，本典序云：「凡五閱歲而其書始成」〔註43〕。其編纂不同於過往由個人獨立完成之模式，由文華殿大學士兼戶部尙書張玉書及經筵講官、文淵閣大學士兼吏部尙書陳廷敬先後擔任主編〔註44〕，另有史夔、陳邦彥等 28 人擔任纂修官，主要參考明代《字彙》、《正字通》編成。此書收字爲歷來最多，音、義及用例之蒐羅亦堪稱宏富，清律又以其字形爲科舉考試之書寫標準，故流傳甚廣，對於當時及後世學術界都有極大影響，今我國及國際組織製定資訊中文字碼時，亦將本書列爲重要的字形來源依據〔註45〕。

〔註42〕不少學者認爲《康熙字典》是中國第一部以「字典」爲名的字書，但徐時儀先生認爲「字典」一詞可能在唐代便已出現。徐先生考查《慧琳音義》，於所引文獻中見引用《字典》九次，推斷此或指晉代呂忱撰之《字林》，又或泛指《字林》一類的字書。徐先生故於《一切經音義三種校本合刊》緒論中明確指出：「根據慧琳所引，可知早在《康熙字典》以前，『字典』一詞已出現，而並非如戴鎦齡所說，『清季以前，凡單稱「字典」者，皆即指《康熙字典》』，且很可能唐以前已有用『字典』作爲書名的辭書問世，這在研究我國辭書史是不可不提及的。」（徐時儀校注，《一切經音義三種校本合刊》，上海：上海世紀出版股份有限公司、上海古籍出版社，2008年）

〔註43〕見同文本《康熙字典·御製康熙字典序》（臺北：中華書局，1990年）。

〔註44〕康熙四十九年皇帝下詔編修，由張玉書任總閱官，惟張氏於隔年即病逝，陳廷敬則於康熙五十一年辭世。

〔註45〕據行政院國家發展委員會「全字庫」網站「中文碼介紹」，UNICODE 之「中日韓表意文字字集」：「將涵蓋康熙字典全部用字、漢語大字典全部用字及大陸、台灣、

本書共四十二卷，按地支分爲十二集，每集又分上、中、下三卷，收錄四萬七千餘字。收字先依二百一十四個部首分群，同部首者則以筆畫數爲序。每個收字下列有該字之不同音義，字音據《廣韻》、《集韻》、《韻會》、《唐韻》等，有反切及直音，字義除僻字義外，原則上均附經、史、子、集等文獻例證。有關本書編輯之主要動機，卷首〈御製序〉有云：

> 自《說文》以後，字書善者，於梁則《玉篇》，於唐則《廣韻》，於宋則《集韻》，於金則《五音集韻》，於元則《韻會》，於明則《洪武正韻》，皆流通當世，衣被後學。其傳而未甚顯者，尚數十百家。當其編輯，皆自謂毫髮無憾，而後儒推論，輒多同異。或所收之字繁省失中，或所引之書濫疏無準，或字有數義而不詳，或音有數切而不備，曾無善兼美具，可奉爲典常而不易者。朕每念經傳至博，音義繁賾，據一人之見，守一家之說，未必能會通周缺也。〔註46〕

由上述可知，康熙帝有感於歷來字書未盡完備，無法滿足讀解經傳之需求，故敕令群臣，整理舊籍，以歷來重要字、韻書爲基礎，博採字形、字音、字義。並期此以官方力量編成之字書，不但編制恢宏，並具「俾承學稽古者得以備知文字之源流，而官府吏民亦有所遵守焉」之效益，命名爲《字典》〔註47〕，亦充分展現作爲用字典範之企圖。至其編輯體例，本典於書首之序言後列有凡例，分以十八點說明收字、字體、形音義說釋、參見、備考、分部，展現了更爲進步的編輯觀念和更爲完善的體例設計，雖由編輯成果中看來，如曾榮汾先生所論，其體例未見澈底執行〔註48〕，但仍不損其凡例所呈編輯概念之

韓國、越南、香港所提的國家標準字集，其目標是使 ISO 10646 標準能納入更多漢字，以滿足各國使用大字集的需求。作法上則是以康熙字典、漢語大字典爲基礎，挑已編入 ISO 10646 之字，再加上各國所提字集，依認同規則進行整理而成。」（引用日期：2016 年 8 月 2 日）

〔註46〕見同文本《康熙字典·御製康熙字典序》（臺北：中華書局，1990 年）。

〔註47〕有清一代所稱《字典》，即指《康熙字典》，後因爲康熙敕令所編並成於康熙年間，故增「康熙」二字，又編成後由武英殿刊印，或又稱「殿本《康熙字典》」。

〔註48〕曾榮汾〈中國字的工具書〉：「就以書證引用來説，觀念是對的，卻因執行不力，使得所引書證訛誤叢生，成爲最爲後人詬病的一大缺點。再譬如第九條，也沒有完全作到。」（《辭典學論文集》，臺北：辭典學研究室，2004 年）。筆者按：引文中之「第九條」應係指曾先生文中歸納《康熙字典》凡例之第 9 項「分部觀念雖

參考價值，茲概述其特色如下：

（1）收字不避雅俗且正字取形原則明確

文字使用既久，異體滋生，本書凡例第一條便云：「六書之學，自篆籀八分以來，變爲楷法，各體雜出，今古代異。」面對此一用字實況，本典採取不避俗體及僻字之立場，並提出明確的正字選取原則因應龐雜的一字多形現象，所採原則即如凡例第一條云：「一以《說文》爲主，參以《正韻》，不悖古法，亦復便於楷書。」此以《說文》爲推宗明本時之準則，明白肯認了《說文》於漢字析形解義之重要地位，「亦復便於楷書」句，則說明編者雖有遵古之意，但也留意到篆、楷之差異。對於正、異體字之編排，係先立字頭以爲標準字樣，後附古文異體，如：「初古文凰」、「刉古文氖」，異體字又依其字形編排入所屬部首筆畫之位置，釋義中並再次說明與正字之關聯，如：「�字彙補同貌○按即兒字譌文」、「妵同嬶」、「弅夰字之譌」。

（2）形音義蒐羅豐富且編排學理化

本典爲一部集大成式之官修字書，收字以明代大型字書《正字通》爲基礎，再廣泛蒐羅字韻書、經傳、詩文中所見字形，加以整理，收字達四萬七千餘字，相較於《正字通》，增收了一萬三千餘字，增收字形皆列於各部、畫之最末，並以「增」字作爲標誌，許多古文獻中未見於其他字書之僻字、奇字、俗字等，於此書往往能查得，提供後世大量的文字演變線索。字音部分，本典參考大量古籍，以「無一音不備」〔註49〕爲目標博採字音，若遇一字多音，字音排序則如凡例第六條云：「字兼數音，先詳考《唐韻》、《廣韻》、《集韻》、《韻會》、《正韻》之正音作某某讀，次列轉音，……再次列以叶音，則一字數音，庶無掛漏。」依此體例，使諸字音韻層次井然，接著，義隨音走，於各字音之下陳列該音義訓，便同時呈現了本義、引申義、假借義之孳乳脈絡，示範了以詞義演變爲理據之編排架構。

（3）大量引用書證資料且詳列出處

嚴格來說，字書編輯係就既有資料加分析及彙整，或由經史子集中紬繹語

依《正字通》，然作部分調整及刪兩部疊見、一部疊見字。」

〔註49〕本典〈御製序〉所言編輯目標爲：「然後古今形體之辨，方言聲氣之殊，部分班列，開卷瞭然。無一義之不詳，一音之不備矣。」

用，又或者存在於當時的語言環境中，若將這些實際運用的例子陳放於字書中，可以產生語文層面之極大功效，竺師家寧論辭典中之詞例運用云：

> 詞例在詞典裡具有十分重要的功能，它可以用來證明詞義，可以用來顯示這個詞的起源，以及後來的發展。可以用來說明這個詞的用法。詞例的類型有很多種。若依照語境分，有兩類：一在表明詞性或語法功能。……若依詞的來源分，有兩類：一是引例，一是自撰例。……若依詞的形式分，也有兩類：一是「語段詞例」，一是「句子詞例」。〔註50〕

竺師之說，已屬現今字、辭典對於例證的成熟認識，早期字書，實多無此體認，或僅見釋義而無例證，又或引用文獻中之文句而標示出處粗略，讀者如須查閱所引句段之前後文句，會有難以還查的困難。《康熙字典》則無論音義，皆言明所據，由〈凡例〉第十七條可見其見解：「《正字通》援引諸書，不載篇名，考之古本，譌舛甚多，今俱窮流溯源，備載某書、某篇，根據確鑿。」而綜觀內容，其字音部分簡列韻書書名，字義部分之引例或詳及篇章，提供更多還原線索，同一義項下之書證若有多筆，則依文獻時代先後排列。此一書證體例對於後世編輯影響深遠，今所見之字、辭典，無論內容深淺及體制規模，說解配搭古典文獻或現代詞語例作為例證，已屬慣見模式。

（4）標明參見指引以便讀者查閱

　　傳統字書中以部首、筆畫編排字形者，音義同而字形異之正、界字組，在依形編排後，往往未能併列，因此分別說釋音義，則相同音義重複出現，《康熙字典・凡例》對此體例提出改革之見云：「《正字通》音訓每多繁冗重複，今於音義相同之字止云註見某字，不載音義，庶幾詳略得宜，不眩心目。」亦即本典編者期以「註見某字」之用語連繫正、異體字，改善相同音義數見之「繁冗重複」情形，茲舉幾組字為例：

A、簪、兂

簪　[廣韻]側吟切。[集韻][韻會]緇岑切。[正韻]緇深切，……首笄也。　[釋名]簪兓也，連冠于髮也。又枝也，因形名之也。……（竹部・

〔註50〕竺家寧《漢語詞彙學・第五章・詞典學》（臺北：五南圖書出版股份有限公司，2004年，初版二刷）。

十二畫）

先 正譌古文舊字。註見竹部十二畫。（儿部・二畫）

B、災、灾（此二字均歸火部三畫，且「灾」列於「災」字之下）

災 唐韻祖才切。集韻韻會正韻將來切，並音哉。説文天火也。
春秋桓十四年御廩災。　又玉篇害也。……（火部・三畫）

灾 説文古文災字，註見上。（火部・三畫）

C、袞、褏

袞 唐韻集韻古本切，音滚。天子服也。正韻龍章法服也。説文
天子享先王，卷龍繡于下，幅一龍蟠阿上向。詩豳風我覯之
子，袞衣繡裳。周禮天官司服享先王，則袞冕。註袞，龍衣
也。……（衣部・五畫）

褏 字彙補古文袞字，見〈漢王純碑〉。註見五畫。（衣部・八畫）

觀此數例，《康熙字典》將音義說解集中於正字，異體字下不再複出，繁簡分明，使正字與異體字有清楚的區隔，另亦降低全書篇幅。異體字下的參見說明，不僅指出應參看之字形，並詳及該字所在部首及筆畫數，顯見本典編者對於讀者需求的重視程度已更爲提昇。

（5）採用按語體例補充編者見解

字書以提供文字形音義說解以供讀者查檢爲目的，內容亦故多僅止標明字形，交代音義，明代張自烈所作《正字通》則獨樹一格，常於說解中摻合編者考釋理據說明，使一字之說解篇幅大增，雖有助於理解審度思路，惟讀者往往必須在茫茫字海中費神搜索，方能得其收字音義，殊爲不便。《康熙字典》承其概念但有所改良，以「○按」爲標誌，區隔收字之形義說解反編者見解，全書按語兩千餘筆，大抵爲對《字彙》、《正字通》之諟正及補充，又或說明正字取形依據等，如下例：

亞 ……○按：《字彙》說是，但俗既習用借義已久，姑載本義於
後，以備一字原委云。

心 ……○按：《字彙》、《正字通》心俱音辛，誤，辛在眞韻齊齒

音也，心在侵韻閉口音也。……

衮　篇海與袞同。〇按：《說文》袞从衣公聲，《廣韻》、《集韻》並作袞，《干祿字書》以袞爲正，以衮爲通，今依《說文》。

忒　……〇按：岱省爲忒，亦猶貸省爲貣。

字書編輯，逐字、逐音、逐義之取決，必然皆有理據，考釋說明實難以詳備，容易掛一漏萬，字書一般不錄，致使讀者必須自行歸納成果，推敲理路，若能如《正字通》、《康熙字典》留下考釋線索，即便並不全面，或爲編纂者個人之主觀認知，仍有助於讀者掌握其理論體系。

（6）奠定二一四部首系統之穩固地位

二一四部首由梅膺祚之《字彙》樹立雛形，《正字通》承續發展，至《康熙字典》則宣告穩固，成爲此後數百年漢字分部之依準，後世字書之立部與分部大致直承《康熙字典》，僅有少量或爲兼顧義類而稍作調整，二一四部首以形爲主之基本概念，於是益加強化了部首之檢字工具性格。然而，本典對於《字彙》與《正字通》之歸部並非全盤接受，其〈凡例〉第五條言：

> 《說文》、《玉篇》分部最爲精密，《字彙》、《正字通》悉从今體，改併成書，總在便於檢閱，今仍依《正字通》次第分部。閒有偏旁雖似，而指事各殊者，如「巼」字向收「日部」，今載「火部」；「隸」字向收「隶」部，今載「雨」部；「頮」、「顈」、「穎」、「潁」四字向收「頁」部，今分載「水」、「火」、「禾」、「木」四部，庶檢閱既便，而義有指歸，不失古人製字之意。

由上述之部首更替，可知《康熙字典》分部仍有兼顧義類之企圖，此外，對於《正字通》與《字彙》一字重出的體例，於〈凡例〉第十四條中則見非議：

> 《正字通》承《字彙》之譌，有兩部疊見者，如「垔」字則「襾」、「土」兼存，「羆」字則「网」、「火」互見。他若「虍」部已收「虓」、「虩」，而「斤」、「日」二部重載；「舌」部竝列「甛」、「憩」，而「甘」、「心」二部已收。

一個字形重複出現及重複說解〔註 51〕，似徒然浪費篇幅；經查找凡例中列舉之

〔註 51〕《正字通》另有一字重出於相同部首的現象，即如《康熙字典・凡例》第十四條

例，則見重出字之音義說解多不相同，資訊傳達之完整性堪慮。然而，若從檢字角度觀之，由於讀者對於字形部首之判斷未必與編者齊一，收字重出於可能部首，得以降低查找落空之機率，亦有可取之處。《康熙字典》之「改良」爲字書編者對於重出體例之思辨，亦可供後世編輯作進一步研精。但無論如何，《康熙字典》基本上仍是肯定及承襲了《字彙》建構的二一四部首系統，加以沿承及發展，從此成爲漢字分部之主要基準。

（二）傳統字書編輯觀念綜述

縱觀漢字字書編輯歷史，以《說文解字》爲肇基，其後歷代不乏有字書承先啓後，依據個自服務之讀者群及設定之編輯目的，展現個別之獨特風貌，也共同架構出漢字字典之編輯骨幹。以上由編輯角度，就其中較爲重要的《干祿字書》、《龍龕手鏡》、《字彙》、《康熙字典》之個別編輯特點加以探討，此則從字書編輯體例規劃重點切入，歸納歷代傳統字書傳遞的編輯觀：

1、字形採錄與整理

（1）依據編輯目的劃定字形收錄範圍：漢字使用之時代久遠，地域廣闊，異體孳乳繁衍，反映於文獻，即爲一字多形之現象，若加以彙整，則可發現——部分字形存在於同一時代斷面，部分則屬歷時之演變；又部分字形僅爲筆畫稍差之異寫，部分字形已屬重新造字之異構。字書宜針對所設定編輯目的考量收字範圍，若爲當代人際溝通，可以並時存在之字形爲範圍；若爲識讀歷代文獻，則宜全面性地收錄文獻所見字形。

（2）基於字樣觀念樹立規範字形：樹立字樣，即制訂文字書寫形體之規範，也就是在一字之多形中擇一作爲標準字體，一則可作爲習字教學之依據，一則可用於漢字字形整理。而不同時代與不同字書在擇取標準字體時，因應當代語文運用實況及所設定目的，必然各有斟酌，如許愼有感於當時盛行的隸書已失本形，有損文字載義功能，《說文解字》故以小篆爲標準字樣；《干祿字書》面對楷體普及的時代，則以時宜立場考量當代書寫習慣，以楷體爲

後段所云：「又有一部疊見者，如『酉』部之『醶』、『邑』部之『郪』，後先矛盾，不可殫陳。今俱考校精詳，併歸一處。」經查「邑」部中排序較後之「郪」字，其說解爲：「舊本前郪註同薊，此又云燕地，重出。」由此可知，張自烈係經考量後留存《字彙》既有收錄狀況。

準，正俗字體之訂定亦非悉遵《說文》。凡此樹立字樣、考量本形及時宜等，均建立了後世字書字形整理及字樣訂定之概念。

（3）聯繫音義及用法相同之字群：字書收字間或有一字多形關係，以固定體例加以聯繫，可使讀者明確識知字群關係，傳統字書中可見幾種做法，如：《說文解字》將異體字列於正體字說解文末，即所謂「重文」；《干祿字書》、《龍龕手鑑》正體及異體字係以字串方式貫連呈現；《字彙》、《正字通》或於異體字下以「同某」用語關聯正字，或正、異體字分別說釋，於內容中提及兩者字形關係；《康熙字典》則於凡例中明確訂定以「止云註見某字，不載音義」爲關聯標誌，使字書之參、互見概念及體例更爲清晰。

2、字音採錄與標記

（1）權衡遵古與時宜訂定字音採錄原則：相較於字形，字音因時間、地域而產生的多音現象更爲複雜，或爲歧義異音，或爲同義異音。歧義異音者，在實際的語言中，又可能有某些特定詞語由於因訛成俗等因素，混同於歧義字音，致使音義連繫關係益顯盤根錯節；同義異音者，其字音關係或爲正音與俗音，或爲口語音與讀書音，亦見不同類型。再加上記音系統之變更，上古音、中古音、現代音之流變，都造成字書中字音處理的困難。觀歷代傳統字書，採錄字音或多或少，編輯體例則大體一致——歧音異義部分概以成組形式呈現音義配搭，同義之異音則或用「又音某」表示，該體例於今仍爲適用。惟字音存於脣吻之間，又爲眾人日用，相較於形諸紙面之字形，變異性更高。一字多音，比比皆是，字書若僅加以堆砌，必然未能滿足讀者求取規範之需求，若欲訂定標準，勢須考量時下眾人口語習慣，遵古與時宜間之權衡難有定規，此實爲字音編輯之最難，惟仍應化繁爲簡，訂定固定原則作爲取音依據。

（2）採取當代熟悉之記音方式：傳統字書中未必全面標音，記音者，則大致可見直音、反切兩種方式。東漢以前，以直音爲主流，也就是用一個同音字表示某字字音，如《說文解字》「珣」下云「讀若宣」，即藉由「宣」、「珣」之同音關係，以「宣」表「珣」之讀音，如此方式，因字音流變、一字多音等現象，又或所採直音字較爲生僻，皆使記音效果有所局限。東漢以後，以拼讀爲法之反切出現，興盛於魏晉，其上字取聲、下字取韻的規則，並爲漢語史中首見具有系統性、科學性的拼音方法，惟經古今音變，今世觀之，仍見隔閡。無

論如何，字書編輯以服務當代讀者爲目的，勢須採用對於當代讀者具有認知效能之記音法。

3、義項排序與書證

（1）避免互訓並依引申脈絡陳列義項：有關字義說釋，訓詁學論及之互訓、聲訓、形訓、義訓、反訓、遞訓等方法，在傳統字書中大致均可見，若就讀者需求角度觀之，其中互訓係以甲釋乙，又以乙釋甲，似較難達致說明之效用，宜加以檢討，其餘訓解方式，各有適用，足資後世編輯參考。至於義項排序，傳統字書大體已見共識，概依本義、引申義、假借義爲序，亦得依循。

（2）引錄文獻佐證釋義：觀歷代字書，自許愼《說文》，釋義內容便見經傳引錄，惟較爲零星，明代如《字彙》、《正字通》，各義項下已大抵均見文獻例證，至《康熙字典》則明確列屬爲固定體例，且引例之出處標註或不僅止於書名，更詳及篇章，引證體例可謂幾已臻至。

4、檢索歸部

（1）採用二一四部首系統進行歸部：傳統字書之部首有兩大系統：一以《說文解字》爲代表，立部較多，如《說文解字》有五百四十個部首，以聚合同義類字爲主要目的，故分部係依義類，一字之部首基本上亦爲該字形符；一以《字彙》爲代表，立部較少，《字彙》之二百一十四個部首爲主流，以便於檢字爲主要目的，分部係以形類爲主，惟亦儘可能地兼顧義類，一字之部首或爲該字形符、聲符，又或爲不成字之構件。傳統字書部首肇始於義類分部，依歸於形類分部，《康熙字典》一出，二一四部首成爲漢字字書既定之部首系統。

（2）兼採論義歸部與據形歸部：東漢《說文解字》設立五百四十個部首，所收字形各居義類所屬之部，明代梅膺祚《字彙》之所以能減併爲二百一十四個部首，係因有部分字形之歸部只論其形而不論其義，如「善」歸「口」部、「𥫔」（古文「龍」字）歸「艸」部，此二字字義與「口」、「艸」均無相涉，惟符合檢索需要。由此歸部觀念之演變，可知義類、形類皆可爲字形歸部依據，或可彈性運用。

二、現代字書編輯之繼承與創新

近代漢字字典之編輯，既有傳承，亦有創新。傳承部分，主要展現在內容架構；創新部分，則主要在編輯觀念與編輯技術。今分別概述如下：

（一）對於傳統字書之繼承──確立字目說解架構

《康熙字典》編成至今約三百年間，臺灣與大陸兩地陸續有漢語工具書輯成果問世。就臺灣方面來看，市面所見多為以中小學生為主要讀者群，曾榮汾先生描述此情況云：

> 國內語文工具書，嚴格來說，並不發達，走進書店，仍然以中小學
> 生國語詞典系列居多。這個原因很複雜，其中市場的考慮當是個重
> 要因素。一般人使用字詞典仍局限在國中小階段，而且一部國小使
> 用過的字典可能伴隨一生。顧客群既小，投資者自也不多，更何況
> 編輯字詞典耗時費日，非比一般書籍。〔註52〕

惟即便客觀環境如此，近百年間，兩岸仍出版了一些具有時代意義，或者在編輯方法上有所突破的字、辭典，較早期的如中日戰爭爆發前出版的《中華大字典》、教育部《國語辭典》〔註53〕，筆者就本論文焦點（字典）及個人管窺之見，分就兩岸重要漢字字典編輯成果略舉如下（出版年概指初版）：

1、臺灣出版字典的評述

（1）《正中形音義大字典》（高樹藩編纂，正中書局，1971 年）：全一冊，收錄正、異體字九千餘。正字字頭採楷體，旁注主要詞性，下附甲文、金文、小篆等古文字形，以及隸書、草書等書體。解說時，首依《說文解字》析解字構，歸納六書類別；次以反切、直音、注音、羅馬拼音標注字音，並明其聲調及韻部；再次羅列不同詞性之義項，各義項均有例證；最末陳列異體字，以及用字時易產生混淆之辨正說明。本典加注詞性之體例，象徵著字書編纂者已留意到義法屬性對於用字指引的重要性。

（2）《大學字典》（林尹主編、李殿魁總編纂，1973 年，中華學術院）：

〔註52〕 曾榮汾〈試論國內語文工具書編輯觀念之成就〉，《辭典學論文集 1987～2004》，臺
　　　　 北市：辭典學研究室，2004 年。

〔註53〕 指今所謂之「原編本」。該版本於 1931 年開始編輯，1936 年由商務印書館排印並
　　　　 發行第 1 冊，後因戰亂而暫停作業，至 1945 年始出齊 8 冊。

全一冊，收錄較具實用性的九千餘字，另附繁簡、古今異體、沿誤疑似等約一千字。本典以《中文大辭典》（國防研究院、中國文化研究所，1962 年）爲編輯基礎，收字採用客觀的調查及科學的統計方法，於所輯錄資料中擷取頻次較高的用字爲收錄對象，又對於音義相通而字形不同之收字，以「▲參某」加以聯繫，提供讀者互爲參見的線索，這些做法都展現了創新的編輯觀念。在部首索引部分，則沿襲明代梅膺祚《字彙》、張自烈《正字通》收字重出多部的做法，如「疑」字列於「疋」部，又重見於「匕」、「矢」二部，保留了傳統字書中部首檢字便利性之設計。

（3）《國民字典》（李殿魁、陳新雄總編纂，1974 年，中華學術院）：全一冊，袖珍版，收錄五千六百餘字。本典主要提供中小學生使用，與以大學生爲服務對象之《大學字典》屬同一系列之編輯計畫，故本典編輯係以《大學字典》爲基礎，然後排除文言之用字及音義，釋義亦改採偏於語體之行文風格。此一做法揭示了字書的「分級」概念，亦即字書內容當針對不同程度的讀者分別規劃，無論是知識範圍、解說方式，都應該以「因才施教」的態度加以設計，才能獲得較好的效益。

（4）《國語日報字典》（何容主編，國語日報社，1976 年）：全一冊，袖珍本，收錄正、異體字約一萬字。本典釋義儘量擺脫傳統訓詁中概念式的含糊說法，如「襪」字，《說文解字》云「足衣」，1962 年由國防研究院、中國文化研究所出版的《中文大辭典》仍採取相同的說解，《國語日報字典》則釋：「穿在腳上、鞋裡的織物，質料有布、絲、棉、毛線、人造纖維等。」如此細膩、具象的說解，對編者而言，絕對是一項困難的挑戰，但對讀者來說，當然是比「足衣」更容易理解。此外，基於「儘量把成語跟詞容納在單字的註解裡」的編輯觀念，單字義項裡常含有複詞釋義，如「伎」字下列有「伎倆」之釋，「焚」字下列有「焚琴煮鶴」之釋。本典雖屬中小型字典，並非長篇鉅著，惟因出版者國語日報社爲國內語文推廣之重要單位，所推出語文工具書占有不小的市場，故於語文教育、字書編纂上，都具有相當程度的影響力。

（5）《異體字字典》（曾榮汾主編，教育部，2001 年）：僅推出網際網路版，無紙本形式，收錄正字近三萬字，異體字七萬餘字，總計約十萬字。本典收錄之正字主要依據教育部標準字體表。遇有具有獨立音義而三字表未收之文獻字形，則補收爲新正字，然後再由六十餘種字、韻書中蒐錄對應正字

的其他寫法。所收異體字形，皆提供原始形體出處及文獻影像以供參考，如有進一步說明字形者，則附上由文字學專家撰寫之「研訂說明」。本典爲對漢字整理較爲全面之字書，亦爲目前兩岸收錄漢字最多的大型字書，更爲以異體字主題之字書編輯樹立了一種編輯模式，本文後續將有專章作進一步之探討。

2、大陸出版字典的評述

（1）《中華大字典》（陸費逵、歐陽溥存等編纂，中華書局，1915 年）：全一冊，收錄四萬八千餘字。本典爲《康熙字典》以後，較早期的字書，其編輯係以彌補《康熙字典》之不足、糾正其錯誤爲目標，收錄了不少外來詞語之用字。

（2）《新華字典》（魏建功主編，人民教育出版社，1954 年）：全一冊，收錄一萬餘字。本典在中國大陸極具權威性，爲中小學生和教師必備的工具書之一，甚至在 2012 年時，由官方編列預算，免費提供給中小學生。從初編至今，本典歷經 10 餘次大規模的修訂，重印 200 多次，發行冊數上億，並取得「最受歡迎的字典」、「最暢銷的書」兩項金氏世界紀錄。最初版本採注音符號標音，重新修訂之版本則改採漢語拼音。

（3）《漢語大字典》（徐中舒主編，四川辭書出版社、湖北辭書出版社，1986～1990 年）：共八冊，收錄正、異體近五萬五千字。本典字頭採傳統漢字，再依據官方規範加註相應之簡化字，於字頭下並附《說文解字》篆形及具有代表性的甲文、金文等不同字形，或隸書等不同字體。在字義方面，先據《說文解字》說釋本義，再行依演變脈絡羅列字義；在字音方面，除採通行的漢語拼音標註現代字音，並引錄《廣韻》、《集韻》之切語註明中古音，又以韻部反映上古音。本典編輯歷經十餘年，並且集結了三百多名學者專家，就中國大陸近數十年之字書編輯觀之，工程最爲浩大。又其所收字義貫通古今，且各義項皆附有古典文獻作爲佐證，爲其後之字書編輯、文獻訓詁均提供豐富資料，故於現代漢字字典編輯史上占有重要地位。

（4）《中華字海》（冷玉龍、韋一心主編，中華書局、中國友誼出版社，1994 年）：全一冊，收錄約八萬五千字。本典由歷代字、韻書大量搜錄字形，再另行補錄當代大陸規範字形、新生用字、方言用字以及港、澳、臺等地之用字，以及甲骨文等古文中於學術界共識較強的楷化字形。釋義時，依次說釋本義、引

申義，標音採漢語拼音及直音，其中異體字、簡化字、二簡字〔註54〕、錯訛字不釋義亦不標音。該書出版後即成爲漢字收錄最多的漢字字典，後爲臺灣教育部於 2001 年出版之《異體字字典》所取代。

（5）《現代漢語規範字典》（李行健主編，語文出版社，2004 年）：全一冊。收錄一萬三千多字。取名爲「規範」，係因將官方所頒布《現代漢語通用字表》〔註55〕中的七千餘字全數收錄，以提供社會用字規範爲目標，且除了字形之外，本典亦對於使用文字時易產生的混淆加以辨正說明，且附上較爲生活化的例證作爲用法指引。

縱觀近代漢字字典編輯，基本上仍承續傳統字書既有編輯傳統，字目說解概以解形、標音、釋義、舉證爲基礎架構，惟各典因應其編輯目標、讀者設定等，於骨架下塡入不同的內涵，其說解架構大致如以下圖示：

〔圖表〕8：字典字目說解基礎架構圖

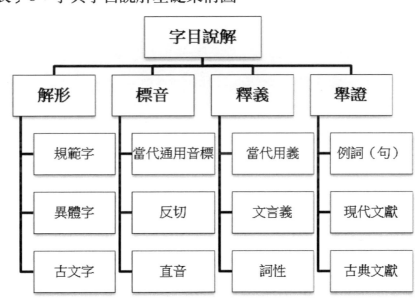

〔註54〕中國大陸在 1950 年推出《漢字簡化方案》，1997 年又推出《第二次漢字簡化方案（草案）》，「二簡字」即指第二次簡化方案中的簡化漢字。《維基百科》「二簡字」條說明：「二簡方案分爲兩個表：第一表收錄了 248 個簡化字，推出後直接實行；第二表收錄了 605 個簡化字，推出後僅供討論，沒有直接實行。方案推出後飽受爭議，最終於 1986 年 6 月 24 日被廢除。」（查詢時間：2018 年 8 月 4 日）

〔註55〕本表相當於我國教育部的標準字體表。大陸官方的標準字體規範依據，首先是 1965 年出版的《印刷通用漢字字表》，接著是 1988 年的《現代漢語通用字表》，2013 年出版的《通用規範漢字表》則爲現行標準。

字典功能不外乎載錄及描寫文字之形音義及用法，編輯者所欲達目的，則不外乎以下幾項：

1、作爲文字使用之指導。

2、記錄及儲存文字使用歷程。

3、推廣文字使用規範。

漢字字書編輯由《說文解字》奠定基礎，經過歷代之傳承與沉積，終於成就大抵完整、穩定之字目說解模型，故近代編輯在此方面之發展，主要採取承繼之態度，惟隨著語文研究之發展，加入了如詞性等語法屬性成分。

（二）現代字書編輯之突破與創新──採用語料庫技術編輯

承如上述，數百年來，漢字字典之編輯架構大致一脈相承，在解說內容部分，基本上也沿襲既有編輯觀念，一則吸納傳統經籍訓詁，一則反映當代語言環境。從一字說解形、音、義三個部分觀之，相對而言，形、音較早穩定下來，此「傳統」與「當代」主要展現在字義上，是以，字義訓解也是字書編輯中較複雜的環節，尤其如爲兼收歷時用義之字典，不僅要追求字義靡遺，又要建立字義流變體系，殊爲不易。在傳統漢語研究領域中，透過文字形、音解釋字義，是爲傳統的訓詁方法，如漢字字書鼻祖《說文解字》，許愼透過小篆字形解釋字義，此係立論於漢字藉形表義的特色，惟一字生成後，經過長期的、普遍的使用後，字義或見變化，並且，部分變化是無法由本義之引申、比喻加以理解的，字書編者故必須突破傳統訓詁方法，直接面對客觀存在的語言環境，如曾榮汾先生所說：

> 一個詞，在長久的語言使用歷史中，可能在許多情境中，有了變化，這些變化被記錄在文獻中。詞典編輯者就這些文獻，逐一地排比歸類，理出該詞的本義、引申、假借或訛用義，……客觀而言，詞典編輯的此種作法，和訓詁學所要追求的理念並無不同，只是訓詁學可能採取有限的樣本進行觀察，詞典則必須面對全面的語料進行分析和歸納，這種須從全面的原始語料去聚合詞義，進而依詞典性質進行建構體系的功夫，正是詞典訓詁的特色。〔註56〕

〔註56〕曾榮汾〈詞典訓詁論〉，第八屆中國訓詁學術研討會論文集，新竹：玄奘大學，2007年5月。

這段話中,「全面的語料」即揭示了字、辭典內容處理的新方向,即爲擴大語言觀察的樣本,再藉以進行字詞義之聚合及歸納,而一九六〇年代萌芽於美國的語料庫語言學(corpus linguistics),恰巧便提供了可資應用的方法。簡單來說,語料庫語言學的基本主張爲——依據語言運用的實例進行語言研究。此一學門之創發,原初是以新生語言爲標的,以語料蒐集爲起點,繼而針對語料進行語法等各種分析及標記,其成果可以結合心理學、社會學、資訊學等,作多方位的應用。經過數十年的發展,目前語料庫語言學已有更爲完整的論述,且能夠借助電腦資訊技術迅速處理大量語料,在具體利用實例上,所蒐集語料範圍又從當代跨度到古典,運用的層面更廣。

　　至於語料庫語言學與辭典編輯的結合,大致可回溯到一九七〇年代末期,又以英國出版商柯林斯運用伯明翰語料庫所發行的 COBUILD 系列英語詞典最具代表性,在柯林斯之後,牛津、朗文、劍橋系列辭典,亦不乏借用語料庫編寫者,形成基於語料庫辭典編輯之黃金時期,而如此以語料庫爲依據的辭典編輯理論及編輯技術之探討,則形成「語料庫辭典學」。然而,或因「辭典學」在漢語研究中尚未成爲共識穩固的獨立學科,鑽研者罕,故遲未見漢語字、辭典編輯引入此一新興方法。1994 年我國教育部發行的《國語辭典簡編本》,爲「忠實反映現代語言使用狀況,於是進行字詞頻的統計工作」〔註57〕,作爲字詞選錄的依據,已透露立足於語言運用實例的編輯觀,惟卻猶如曇花一現,此後教育部系統字、辭典之編修,均無宣稱運用語料庫者,且至 2017年,《國語辭典簡編本》亦未見依當代語言環境灌注新元素之明顯作爲,無法延續「忠實反映現代語言使用狀況」之編輯初衷,殊爲可惜。近年來,終於在漢語字、辭典領域看到較多利用語料庫的編輯方法,相關論述也日趨完整,「語料庫辭典學」在未來當有極大的發展空間,誠如李德俊先生所說:

> 據作者掌握的資料,目前以「語料庫詞典學」爲題名關鍵詞出版的著
> 作除了黃銘友(Ooi Beng Yeow)的《計算機語料庫詞典學》(Computer
> Corpus Lexicograohy)(Ooi,1998)之外,專門論述語料庫詞典學的
> 著作在國內外都不多見。但這些都不能否定將語料庫詞典學作爲一門

〔註57〕 曾榮汾〈《國語辭典簡編本》的字詞頻統計實例析述〉,臺北:辭典學研究室,2004年。本篇論文發表於 1997 年的文字學學術研討會。

學科來研究的意義。語料庫與詞典學的結合，不僅使傳統詞典學在方法論上發生了革命性的變化，語料庫詞典學關於意義的思考，特別是詞義的形成和再現的研究拓展了詞典學的理論研究内容。在信息化時代，語料庫詞典學具有跨學科的性質，它既是當代詞典學最具前景的研究領域，也是計算語言學、自然語言處理等領域的重要研究内容。隨著詞典學學科地位的日益鞏固以及計算機語料庫技術的日臻成熟，語料庫詞典學必將受到廣泛重視。〔註58〕

上述教育部《國語辭典簡編本》就語言實例進行字詞頻統計，係作為辭典收詞選錄依據，此為語料運用方法之一，一般而言，語料庫在辭典編輯上的運用，另常見於詞彙意義的析解。相較於詞目，詞義的複雜性要高得多，從語言實例觀察詞義，可以發現一個詞往往有多層次的意義，不少學者曾就此課題提出不同見解。例如捷克辭典學家拉迪斯拉夫・茲古斯塔（L・Zgusta）認為詞義有固定意義（stablized meaning）、具體意義（occasion meaning）兩種層次，固定意義又包含指稱意義（詞彙在客觀世界中之具體指稱意義）、附加意義（詞彙情感色彩、風格等相關詞義）及使用範圍（詞彙之使用場域），具體意義則指詞彙在具體語言中，結合上下文後出現的實際意義；李德俊先生則分為基本概念義、陪義兩個層次，並以下列圖示〔註59〕呈現二者關係及内涵：

〔圖表〕9：詞義的組成架構（摘自李德俊《語料庫詞典學：理論與方法探索》）

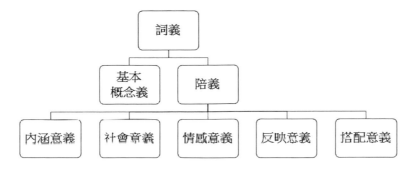

〔註58〕李德俊《語料庫詞典學：理論與方法探索》，南京：鳳凰出版傳媒股份有限公司、譯林出版社，2015年。

〔註59〕李德俊《語料庫詞典學：理論與方法探索》，南京：鳳凰出版傳媒股份有限公司、譯林出版社，2015年。

其實無論如何歸納，每位學者均肯認詞彙必然具有一個穩固的、核心的靜態詞義，但在語言使用實況中，其具體表達的義涵往往超乎原有的靜態詞義。例如「他變（壞）了」、「她變（美）了」，兩個句子的「變」都具有變化的基本詞義，但又分別附加貶義及褒義色彩；又如竺師家寧在課堂上常提及的余光中〈重上大度山〉詩句「星空，非常希臘」，此處的「希臘」雖仍指稱國家，惟希臘夜空方為作者所欲表達的義涵，故不能僅用「國名」加以理解。這些因為情境、聯想所賦予詞彙的附加意義，無法從文字的形音推敲而得，也未必見於由本義引申之脈絡中，而必須汲取於具體的語言用例，並配合上、下文以掌握字詞之具體表義內容。字、辭典之釋義，概念上為語言中實際用義之再現，故除非原設定之收錄範圍即排除現代語用（如王力先生的《古漢語常用字字典》），否則理當檢視共時語言，觀察詞義之流動。就具體做法而言，編者在蒐集用例後，接著便要聚攏相同義類的用法，然後進一步理解具體詞義，再依據字、辭典之字詞義收錄體例加以選錄及再現實際語言中的用義。為使做法做法步驟更為清晰，茲以流程圖示如下：

〔圖表〕10：字、辭典之字、詞釋義操作流程圖

〔注〕★表完全資訊處理步驟；☆表半資訊處理步驟。

在語料庫處理技術未研發前，以上每個步驟都必須倚賴人工，故於傷神費力後，能處理的資料量仍極為有限，未必足以反映語言使用的普遍狀況。今可依循語料庫語言學的語料處理模式，先依據字、辭典編輯目標，由專家設定語料採集範圍，便可開始進行文本數位化處理，將紙本文獻等轉為電子格式文本，此即「蒐集用例」的步驟。接著的「聚攏義類」，則幾乎可全然利用資訊技術，先進行詞性標記、搭配詞統計等，作為類型歸納之依據，俟大體歸納完成後，在「分析詞義」階段中，專家更可進一步地確認類型，並就詞義作初步分析。接著的「選錄詞義」階段，是要決定哪些義項可納入字、辭典，此時，當然首先必須由專家決定收錄標準。誠如上論，一個詞除了穩固具備的基本義外，在不同的語境中，又有褒貶、感情色彩、特殊喻義等附加語境義，就字、辭典而言，基本義自當收錄，因附加語境義而與基本義有所差異

之詞義，是否全數納入或全數摒棄？這個問題較爲複雜，亦無定論，不同的編輯主事者可能有不同的見解。筆者以爲，就字、辭典應具備的功能而言，無論從記錄、反映整體語言的角度切入，或由引導讀者使用具有溝通效能語言的角度切入，詞義使用的普遍程度均可作爲納編與否的標準之一，因「普遍」可代表語用之全面性，亦可象徵詞義共識之形成。而某個詞義在語言使用實況中是否普遍存在？在傳統的辭典編輯裡，多訴諸於專家之認定，其判斷依據則爲個人之語言經驗，嚴格來說是不具客觀性的，以今語料庫語言學之觀念，則可利用資訊技術，統計各詞義在語言中的出現頻次，某個頻次值以上的詞義，便可視爲具有普遍性的用法。以上流程圖以空心☆標示「選錄詞義」，係因此項工作無法全然倚賴資訊技術，專家決定詞義選錄標準、電腦統計詞義出現頻次，均爲不可或缺，故此爲必須結合專家智慧與資訊技術的一個步驟。至於最後「再現詞義」的步驟，則完全必須仰賴專家發揮傳統訓詁學的專家能力，將大致聚攏於同一義類的詞義，以語詞對釋或描述解釋的方式，再現於字、辭典中。

　　綜言之，語料庫技術與辭典編輯的結合，並非意謂人工智慧可取代人類智慧，而是以足量資料爲辭典編輯樹立客觀依據，並且利用被賦予人類智慧的電腦處理人力難及的工作。是以，採用語料庫辭典編輯方法時，語料庫語言學專家、辭典學專家都是編輯團隊的必要成員。目前臺灣學界之語料庫語言學研究已見成果，也有幾部依據語料庫爲編輯基礎的辭典，但多屬語料庫語言學研究的附屬產品，具有實驗性質，並且這些辭典的編輯團隊中，幾乎未見有辭典學專家參與，顯見如此的編輯方法尚有極大的發展空間。又現階段之語料庫技術，主要集中在詞彙擷取以及詞義、語法的分析，採用於字典編輯時，自是有助於字義、詞性的處理。惟除此之外，語料庫語言學中基於語言實例的概念，資料庫建置、量化統計等做法，亦可運用於其他面向，例如單字的構詞能力、異體字群中常用字體、語義場關聯詞、常見搭配詞等，都可以利用量化統計的方法得出客觀的結果。

　　總之，漢字字典編輯已有上千年歷史，形、音、義說解架構已然穩固，語料庫爲編輯技術提供提供了突破的方向，編輯不但能用此方法吸納新的語言元素，亦可用以檢驗由歷代字書累積所得的內容，重新思考字詞及義項收

錄的必要性等，使未來新編之字、辭書，不但展現歷代編輯成果沉積之精華，並且更加具有系統性、客觀性。

第三節　異體字字典編輯方法析解及實例探討

　　漢字爲藉形表義的符號，必須使用正確字形方能表達，依此推論，每個字位〔註60〕上理應僅有一個最爲適切、群體共識性最強的字形，方能有效記錄語言及溝通人際。東漢許愼於《說文解字》序謂文字產生之肇端云：「黃帝之史倉頡，見鳥獸蹄迒之跡，知分理之可相別異也，初造書契。」〔註61〕王充於《論衡・自紀》中則說到：「故口言以明志，言恐滅遺，故著之文字。」〔註62〕說明了文字爲人類意念的載體，爲傳遞、記載抽象意念，故須創製文字。然而，文字並非由某個工廠或某個個人統一生產，任何人都可能發揮自我的創意，隨時刻畫出一個符號，指向所見之象、所思之想，於是，文字初創時，當即有「所指」相同但「能指」相異現象〔註63〕，如所見皆爲馬，在甲文中可見骨肉飽滿的 、線條構成的 、以眼代首的 、強調馬蹄的 〔註64〕，造型殊異。而具體可見之形，便即如此，抽象意念在造字時可發揮的創意更爲多元，橫畫下置一短橫固然可表相對於「上」之「下」，置一豎畫又何嘗不可？章太炎先生《檢論・卷一》論造字緣起時也說：「一二三諸文，橫之縱之，本無定也；馬牛魚鳥諸形，勢則臥起飛伏，皆可象也；體則鱗羽毛鬣，皆可增減也。字名異形，則不足以合契。」〔註65〕俟文字發展到「形

〔註60〕「字位」（grapheme）概念係由音韻學的「音位」（phoneme）類推而得，指文字系統中的基本單位。在漢字系統中，「字位」可視爲最小的音義及構詞單位，如：「寬」、「闊」音義皆異，必屬二個不同字位；「闊」、「濶」字形雖異，但音義相同，構詞功能也相同，並用來記錄語言中的同一個詞，則係屬同一字位。

〔註61〕漢・許愼著／清・段玉裁注《說文解字》（臺北：洪葉文化事業有限公司，1998年）。

〔註62〕引錄於《文淵閣四庫全書》電子版3.0版（香港：迪志文化出版有限公司，2007年）。

〔註63〕此係參用索緒爾《普通語言學教程》（北京：商務印書館，1980年）提及之概念。「所指」（Signified）爲人類腦中的意象、概念、情感，是符號的內涵；「能指」（signifier）則爲用來表達這些特定意象、概念、情感的形音，是符號的表象。

〔註64〕此處甲骨文引自《校正甲骨文編》（臺北：藝文印書館，1964年）。

〔註65〕《章太炎全集：《訄書》初刻本、《訄書》重訂本・《檢論》》，上海：上海人民出版

聲相益」階段時，取義偏重可異，表音聲符亦可異，創造出不同字形之可能性當又更爲提高。是以，就文字生成流程作邏輯性地推測，在字形初創依始，便可能有一字多形的情況，換句話說，異體字未必是文字隨時變易的結果，今人考釋甲骨文時所見之一體多形現象，恰反映了如此的實況。

　　上述文字初創即見的一體多形，加上文字使用過程中有意識的重新創作、無意識的書寫變易，自然形成多個能指形體對應相同所指之情況。爲解決文字書寫之形體紛歧，中國歷史上曾出現數次大規模的文字統一運動，且多見於政局由亂轉治的時期。如周王失勢，諸侯國各自爲政，戰爭頻仍，「言語異聲，文字異形」〔註66〕，而後有秦王朝以篆體作爲官方文字的「書同文」政策；接下來，漢末至南北朝時期，征戰不休，政權迭次更替，自無瑕顧及文化層面問題，又值隸書、楷體轉換階段，致使「篆形謬錯，隸體失眞，俗學鄙習，復加虛造巧，談辯士以意爲疑，炫惑於時，難以釐改」〔註67〕，而後有強盛的唐王朝政府大力提倡經籍用字標準化，促使《干祿字書》等字樣書的興起，從而起了規範字體書寫式樣的作用。由此可知，文字書寫歧形之生成，牽涉甚廣，或非全然源由於文字之自體演變，社會之治亂、書體之替換，都會影響文字使用情況。此外，另如文字載體、文字書寫方式亦爲因素之一，例如，以石、木爲載體時，書寫自由度不如寫於紙上，歧形生成的反而較少，又如宋代以後印刷術發達，當代以電腦輸入代替手寫，也明顯有助於文字形體之統一，唐代以手書爲主，文字歧形之情況則最爲明顯。

　　一字多體，代表用字書寫的莫衷一是，在文化層面上，有先民文明無以傳遞之危機；在實用層面上，則或造成溝通隔閡，正式文書、教學及考試無可依據之困擾。然而，就今日文字研究而言，歷代遺留之諸多歧形中，不乏有符合漢字六書原則之形體，其中的表音、表義構形，傳遞了不同時地的文化與思維，也影響當代所用字形，故即便在用字實況中已被淘汰，仍爲十分具有研究價値的史料。這些「不同形體」字形，大致即今所謂之「異體字」，爲本文之研究焦

社，2014年。

〔註66〕漢·許愼著／清·段玉裁注《說文解字》（臺北：洪葉文化事業有限公司，1998年）。

〔註67〕《北史·卷三四·江式傳》（《文淵閣四庫全書》電子版3.0版，香港：迪志文化出版有限公司，2007年）。

點，故此進一步析解這些字形資料時，首先將辨析其具體內涵，以明確定義本文之異體字概念。

一、「異體字」定義辨析

部分學者以為「異體字」即等同於《說文解字》中的重文，如蔣善國先生：「《說文》裡的重文就是異體字。這種『重文』字形雖異，可是音義完全相同，是一個字的兩種寫法。」〔註68〕當然亦有如沈兼士先生等有不同觀點。察重文類型，則大體可分為兩類：一為不同的書體，依《說文》常例，係以小篆為字頭，則小篆以外之古文、大篆、籀文等則列為重文；一為不同的字形，其書體與字頭相同，皆為小篆，但有見歧異寫法，為或體、俗字、今體等。故若由《說文解字》中的重文理解異體字的內涵，則「異體」之「體」可理解為書體、字體。筆者以為，一字在不同書體中字形相異當屬常態，較無可議，但書體演化對於對於字形流變之影響，在相同字體中形成不同的書寫字形，當有較大的探討空間，如「參」上方之「厽」，小篆形體為三個圓圈，今所見之形即由篆體轉變為隸書，再變為楷書後的結果，惟楷體亦見直接承於小篆之「叄」形，此即為一例。承上述，本文所論「異體字」，基本上不論書體之異。

（一）漢字一位（字位）多形之形體關係

排除書體之異，「異體字」之具體內涵尚可有兩種不同角度的理解：一為「一群形體不同的字」，屬平行現象的描述；一為「與某字形體不同的字」，屬相對概念的描述。綜觀漢字演變歷程，書體由篆轉隸至楷，筆畫殊異，字形由本形孳乳變易，形體繁多，一字書寫形體紛歧之現象，是具體存在的用字實況。

東漢許慎於《說文解字》序謂文字產生之肇端云：「黃帝之史倉頡，見鳥獸蹄迒之跡，知分理之可相別異也，初造書契。」〔註69〕王充於《論衡·自紀》中則說到：「故口言以明志，言恐滅遺，故著之文字。」〔註70〕說明了文

〔註68〕蔣善國《漢字形體學》（北京：文字改革出版社，1959年）。

〔註69〕詳漢·許慎著／清·段玉裁注《說文解字》（臺北：洪葉文化事業有限公司，1998年）。

〔註70〕引錄於《文淵閣四庫全書》電子版 3.0 版（香港：迪志文化出版有限公司，2007年）。

字為人類意念的載體，為傳遞、記載抽象意念，故須創製文字。然而，文字並非由某個工廠或某個個人統一生產，任何人都可能發揮自我的創意，隨時刻畫出一個符號，指向用來見之象、所思之想，於是，文字初創時，當即有「所指」相同但「能指」相異現象〔註71〕，如所見皆為馬，在甲體文中可見骨肉飽滿的🐎、線條構成的🐎、以眼代首的🐎、強調馬蹄的🐎〔註72〕，造型殊異。而具體可見之形，便即如此，抽象意念在造字時可發揮的創意更為多元，橫畫下置一短橫固然可表相對於「上」之「下」，置一豎畫又何嘗不可？章太炎先生《檢論・卷一》論造字緣起時也說：「一二三諸文，橫之縱之，本無定也；馬牛魚鳥諸形，勢則臥起飛伏，皆可象也；體則鱗羽毛鬣，皆可增減也。字名異形，則不足以合契。」〔註73〕俟文字發展到「形聲相益」階段時，取義偏重可異，表音聲符亦可異，創造出不同字形之可能性當又更為提高。是以，就製成流程觀之，可邏輯地推測，在文字初創依始，異體字便即同時產生，甲骨文考釋結果中之一體多形現象，恰反映了如此的實況。又此類諸體於文字未經整理、書寫標準未定之前，各體地位相等，係屬同一時間斷面上之平行存在。此先就一位（字位）多形之異形關係如下：

1、為強化音義表達，增益或代換本字之構件

此類型之新生字形，其字形結構皆見變化，就字形滋生後之本字使用觀之，則概分為以下兩種情況：

（1）本字與新生字形並行

A、增益形符：如「梁」字，《說文》云：「水橋也。從木從水刅聲。」古時橋多為木製，故從「木」，後字義經引申擴大，亦可用於「棟梁」，宋代《精嚴新集大藏音》、金國《四聲篇海》起便可見疊增形符「木」之「樑」；再如「果」字，《說文》云：「木實也。從木，象果形在木之上。」「木實」類屬草木植物，唐代碑刻便見加「艸」作「菓」之形。此類型之本字未因新形滋生

〔註71〕 此係參用索緒爾《普通語言學教程》（北京：商務印書館，1980年）提及之概念。「所指」（Signified）為人類腦中的意象、概念、情感，是符號的內涵；「能指」（signifier）則為用來表達這些特定意象、概念、情感的形音，是符號的表象。

〔註72〕 此處甲骨文引自《校正甲骨文編》（臺北：藝文印書館，1964年）。

〔註73〕 《章太炎全集：《訄書》初刻本、《訄書》重訂本・《檢論》》，上海：上海人民出版社，2014年。

而廢止使用，而是一貫維持既有用法功能，與新生字形並行，故本字與新生字形間可產生正字及異體字關係，如《干祿字書》中以「果」爲正字，「菓」爲俗字。

B、代換形符或聲符：語言經嬗變，每個字之音義均或見流變，可能導致一字原初構件之表義及表音功能受到影響，或者未能呈現該字之當代用義，用字者故因應音義之流變，立足於當代生活型態及集體認知，替換部分構件，使原字形之構件有較佳的表音及表義功能，組合而成之字形亦更爲實用，又或者僅爲以同音或同義類之構件替換之，如代換「館」之形符生成「舘」（強調其客舍義），代換「黏」之形符生成「粘」，代換「牆」之聲符生成「墻」（由形聲字轉爲會意字，強調牆之構成材質），代換「榬」之聲符生成「楦」，代換「織」之聲符生成「絘」。

（2）本字與新生字分用

此類型主要爲增益形符。如「然」字，《說文》云：「燒也。从火肰聲。」「火」表義，屬形聲字，後如段注云：「通叚（假）爲語詞，訓爲如此、爾之轉語也。」本字故增益形符「火」以強化本義「燒」之概念，「然」、「燃」並逐漸分流；再如「須」字，《說文》云：「面毛也。从頁从彡。」「頁」、「彡」皆表義，屬會意字，後「須」被借爲「須待」用字，本字故增益形符「髟」以強化本義「面毛」之毛髮義，「須」、「鬚」並逐漸分流。此類型之本字於新形滋生後，便移轉專用於假借義，原有用法則爲新生字形所取代。歷時觀之，二字具有本字與後起字的關係，在某個時間斷面上爲具有相同功能，可視爲異體字；但就分流後觀之，已不具有相同字用功能，當然也就失去了異體字的關係。是以，部分學者認爲不宜視爲異體字，如曾榮汾先生：

> 本字借爲它義，爲區別本義及借義而益形者，如莫本即日暮之義，引借爲不同，故造暮字，添益一日符。它如新薪、然燃、須鬚、要腰等皆是，然此類字，上上文已云爲「後起本字」，不當列屬異體。〔註74〕

2、因類化於相關用字，本字形構產生變化

「類化」是指文字趨同於相關用字而產生形變的現象，鄭賢章先生認爲這

〔註74〕曾榮汾〈異體字滋生之因試探〉（《孔孟月刊》第二十三卷‧第十期，臺北：中華名國孔孟學會，1985年）。

是書寫者受到某些影響而產生的心理活動，所受影響則有「上下文用字」、「前後語境」、「自身形體構件」、「其他」幾項，其說明爲：

> 人們在書寫某字時，受到上下文用字、前後語境、自身形體構件或其他因素的心理暗示，使得該字在形體上變得與相關用字部分一致，這就是文字學上所指的類化，由此產生的字即類化字。類化字產生的原因不是漢字本身形體演變所致，而是受到書寫者心理的影響。〔註75〕

宋建華先生則觀察《可洪音義》中之類化字，解析其構形，歸納出「偏旁替換」（如：裹→褋；玷→沾）、「新增偏旁」（如：嬰→瓔；盾→稦）、「偏旁移位」（如：舅→朗；惻→愳）、「疊體」（如：顛→䪼；願→頭）、「別造新字」（如：葉→楪；鼾→哹）五種類型。〔註76〕此一類型中，有時只存在於某種特定環境中，當「上下文用字」、「前後語境」改變時，可能就不再使用，如據宋建華先生分析，「玷」係與「汙」組成「砧汙」一詞，然後受「汙」的影響，類化成「沾」，那麼，當「玷」構成「玷辱」、「瑕玷」等詞時，類化條件已不存，便未必用「沾」形。是以，因類化而新生之字形，是否穩定保有與本字相同音義之用法？又是否可能與本字建立正、異體關係？必須於文獻中廣泛觀察新生字形之用字實況，無法一概而論。

3、因書體演變及書寫，本字字形改異

此類型之新生字相較於本字，主要差易在於筆勢變化、點畫增減，亦偶見構件易位情形。變異的原因，則可概分爲書體、書寫兩類：

（1）書體：每一種書體都有其特有的字體風格，同一字形構件在不同書體裡，便或因應其書寫特色，形成定型。例如「岡」字，隸書因有字體寬扁、橫畫長直畫短等特色，隸定形見 岡、㓜，變爲楷書形作 㓜；另如「爲」字，草書形見 为（王羲之）、为（王獻之）、为（懷素）〔註77〕，變爲楷書形作 为。

〔註75〕鄭賢章《《新集藏經音義隨函錄》研究》（長沙：湖南師範大學出版社，2007年）。

〔註76〕宋建華〈《新集藏經音義隨函錄》類化字釋例〉（《東海中文學報》第28期，臺中：東海大學中文系，2014年12月）。

〔註77〕字形見《草書大字典》（臺北：藝文印書館印行，1974年）。

（2）書寫：此處之書寫，包含早期之石刻、版刻，至當代之筆書。致使字形變異之肇因有數端，如：摩刻字形時筆畫未能準確，使連筆成分筆、曲筆成直筆；書寫時有增減點畫之群體共同習慣，形成約定俗成的變異字形；訛寫字形或變易構件位置，經傳抄後成爲習慣。

4、因避諱或政治因素，本字經改易或為新造字取代

古時爲對君主、尊長表示尊敬，在言語或書寫時，凡遇其名諱均予迴避，稱之爲「避諱」。避諱之起源甚早，《左傳・桓公六年》：「周人以諱事神，名，終將諱之。」〔註78〕至於所採要法，如陳垣曰：「避諱常用之法有三：曰改字，曰空字，曰缺筆。」〔註79〕其中「空字」係以空格表諱字，無涉用字改變；「改字」係以音義相關之字替代名諱用字，如漢昭帝劉弗之避諱用字見「不」，唐太祖李昞之避諱用字見「炳」、「丙」、「秉」，北宋太祖趙匡胤之避諱用字見「筐」、「劻」及「靷」、「酳」；「缺筆」係就諱字缺其點畫，如宋唐太宗李世民之「世」作「卅」，宋太祖始祖玄朗之「朗」作「朖」。至於政治力之介入，主要爲歷代君王之改字、創字，如宋・王觀國《學林・卷十・孫休四子名》條下謂：「《唐書》：則天武氏自製十有二字：曰𣭼照、丙天、埊地、𠤡日、囝月、○星、𢘑君、惡臣、𡔈載、𡕀初、𡔫年、𠃨正。」〔註80〕無論是避諱字或君王製（改）字，這一類的字並非於用字歷程中自然而然地生成，惟確實可見於某個特定時段的文獻中，並且具有與所替代字相同的用法。

5、因字音通假借用，生成不同用字

漢語中，基於讀音相同（近）、雙聲、疊韻等關係，以一字表另一字之用字方法極爲普遍，如借「公」爲「功」，借「蚤」爲「早」，借「果」爲「敢」，借「崇」爲「終」，借用字因而產生與本義無關的假借義。部分假借義通用成俗後，在語言使用中，借字在該義用法上就扮演了與本字相同的角色。惟本字與借字係因字音而產生共同用法，並無字形孳乳關係，故雖於某一特定用

〔註78〕《春秋左傳注疏・卷五》（《文淵閣四庫全書》電子版，香港：迪志文化出版有限公司，2007年）。

〔註79〕陳垣《史諱舉例》（臺北：文史哲出版社，1987年）

〔註80〕宋・王觀國《學林》（《文淵閣四庫全書》電子版，香港：迪志文化出版有限公司，2007年）。

法上對應同一字位，卻未必得以異體定義兩者關係。

（二）「異體字」內涵之討論

一位（字位）多形之成因多元而複雜，以上所述六項，未必含蓋周全，惟已大抵可窺漢字異形滋生情形。然而，這些滋生出之異形是否即為異體字？此係須進一步探討之課題，此處將歸納諸家說法。

1、異體字定義之諸家說法

從字面上來看——異體，謂不同的形體；異體字，則有種義涵，一為「一群形體不同的字」，屬平行現象的描述，字群中的每個字皆互為異體；一為「與某字形體不同的字」，屬相對概念的描述，字群中字形有主、客之別，主為「某字形體」，客則為異體。觀諸文獻，「異體」一詞所見之較早記載為《漢書・藝文志》：「《史籀篇》者，周時史官教童書也，當孔氏壁中古文異體。」此處所指當為籀文與古文書體之不同。蔣善國將異體字分為廣、狹義兩種內涵，書體不同屬廣義之異體字，其說如下：

> 異體字，廣義方面說，是指今體字對古體字說的，如小篆對金甲文、隸書對小篆、行書草書對楷書，都是異體字。因為雖是一個同音同義的字，他們的形體卻不一樣。小篆是金甲文的異體，隸書和真書是小篆的異體。這是我們從漢字縱的發展說的。狹義的異體字是從漢字橫的發展說的。漢字的演變在每個階段，都有許多異體字，也就是不論金甲文或小篆、隸書、真書，都各有異體字。我們一般所說的異體字，是指隸書和真書說的，現限於兩千年來通行的方塊字——今體。〔註81〕

今所論異體字，偏向於蔣先生所謂「從漢字橫的發展說的」狹義異體字，係指同一書體中形體不同之字形，段玉裁《說文》「臚」字注中見「胪、臚蓋本一字異體」句，此「異體」可能與現今所持概念較為接近。惟此概念亦非於清季始見，曾榮汾先生論異體字名義時云：

> 據日人北山博邦「別字淺說」一文統計，在古籍上，異體字之別稱甚為紛歧，計有「別字」、「別體」、「別體字」、「異文」、「字體之異」、

〔註81〕蔣善國《漢字形體學》，北京：文字改革出版社，1959年。

「僞體」、「渝字」、「謬體」、「俗字」、「俗體」等十一種。凡此，皆
泛指一般異體，或訛俗甚者而言。……今考諸家，似以「字體之異」
之「異體字」稱名最爲妥切。〔註82〕

故知，異體概念於歷代係以不同稱名展現，曾先生則以爲：「以『字體之異』之
『異體字』稱名最爲妥切。」近代學者大致也持相同看法，惟自不同角度加以
定義，至今似尚無一確切定論，主要分爲兩個不同的切入角度，蘇培成先生歸
納如下：

異體字有兩個含義：一個是指形體不同而讀音和意義相同的字，幾
個字互爲異體；另一個是與正體相對而言的，異體與正體只是形體
不同而讀音和意義相同。尚未整理的異體字取前一個含義，對已整
理的異體字取後一個含義。〔註83〕

觀諸家之說，蘇先生所謂之兩個含義，大抵已能涵蓋，茲依其類分之「尚未整
理的」、「已整理的」，分別陳列較具代表性之說法如下（優先以學者生年排序，
次依引錄著作出版年）：

（1）就尚未整理之異體字論

此即蘇培成先生所謂「形體不同而讀音和意義相同的字，幾個字互爲異
體」，這「幾個字」是平行關係，無主要、次要之別，至於這群字形間之聯繫與
內涵，諸家所見或同或異，或寬或狹，茲列舉數例：

一字多形就是多形字，普遍叫作異體字，在形音義三者關係方面所
表現的是異形同音同義。（蔣善國）〔註84〕

兩個（或兩個以上的）字的意義完全相同，在任何情況下都可以互
相代替。（王力）〔註85〕

兩個或幾個字形，必須音義完全相同，才能算是一個字的異體。（呂

〔註82〕 曾榮汾〈異體字滋生之因試探〉（《孔孟月刊》第二十三卷・第十期，臺北：中華
名國孔孟學會，1985 年）。

〔註83〕 蘇培成《現代漢字學綱要》，北京：北京大學出版社，2001 年。

〔註84〕 蔣善國《漢字學》，上海：上海教育出版社，1987 年。

〔註85〕 王力主編《古代漢語》，北京：中華書局，1993 年。

叔湘）〔註86〕

所謂異體字，就是記錄同一個詞的兩個以上的文字符號。（劉又辛）

〔註87〕

「音義相同而寫法不同的字」，即爲異體字。（周祖謨）〔註88〕

異體字就是功能相同、形體不同的字。（李榮）〔註89〕

異體字就是彼此音義相同而外形不同的字。嚴格地說，只有用法完
全相同的字，也就是一字的異體，才能稱爲異體字。但一般所說的
異體字，往往包括只有部分用法相同的字。嚴格意義的異體字可以
稱爲狹義異體字，部分用法相同的字可以稱爲部分異體字，二者合
在一起就是廣義的異體字。（裘錫圭）〔註90〕

異體字是音同義同而形體不同的字。即俗體、古體、或體之類。（《漢
語大字典》）〔註91〕

我們這裡所說的異體字是專就字式的變化而言的，即指文字符號構
形的不同，也就是結構方式不同，而不是文字的符號體態，即不是
筆畫姿態不同。所以，異體字是指漢字字式演變中出現的一字多形
現象，這些形體不同的字讀音和意義完全相同，在任何場合都可以
互相替代使用。（黃建中、胡培俊）〔註92〕

異體字就是形體不同，音義完全相同或相包含，可以取代的字。
如果有必要對音義完全相同的異體和音義完全相包含的異體加以
區別的話，我們不妨稱前者爲全同異體，將後者稱爲部分異體。（李

〔註86〕呂叔湘《語文常談》（《呂叔湘文集》，北京：商務印書館，1993 年）。

〔註87〕劉又辛《漢語漢字問答》，北京：商務印書館，1997 年。

〔註88〕周祖謨《問學集》，臺北：河洛圖書出版社，1970 年。

〔註89〕李榮《文字問題》，北京：商務印書館，1987 年。

〔註90〕裘錫圭《文字學概要》，北京：商務印書館，1988 年。

〔註91〕漢語大字典編纂委員會《漢語大字典》，成都：四川辭書出版社／武漢：湖北辭書
　　　　出版社，1990 年。

〔註92〕黃建中、胡境俊《漢字學通論》，武昌：華中師範大學出版社，1990 年。

道明）〔註93〕

關於異體字的概念，學術界目前有廣義（只在某一義項上可以替換的若干字）和狹義（在所有義項上可以替換的若干字）的區別。（李圃）〔註94〕

異體字是形體結構不同或結構部件位置不同，但讀音、意義完全相同的字。（劉志成）〔註95〕

異體字是記錄語言中相同的語詞、在使用中功能沒有差別的一組字。（章瓊）〔註96〕

我們主張從構形和功能兩個維度給異體字下定義，把異體字的範圍限定在同字範圍之內，把異體字定義爲在使用中功能沒有發生分化的語言中的同一個詞造的不同的文字形體以及由於書寫變異造成的一個字的不同形體。（李國英）〔註97〕

（2）就已整理之異體字論

此即蘇培成先生所謂「與正體相對而言的，異體與正體只是形體不同而讀音和意義相同」，此「異體」係相對於「正體」之稱，在「讀音和意義相同」的一群字，指定了一形爲正體，其餘自成異體，換句話說，此「異體」是非獨立存在的相對概念。茲列由此角度切入論述之數例如下：

A、正體字以外之字形爲異體字

異體字者，乃泛指文字於使用過程中，除「正字」外，因各種因素，所歧衍出之其他形體而言。（曾榮汾）〔註98〕

（異體字）跟規定的正體字同音同義而寫不同的字。（《現代漢語詞

〔註93〕李道明〈異體字論〉（李格非、趙振鐸主編，《漢語大字典論文集》，武漢：湖北辭書出版社，1990 年）。

〔註94〕李圃《異體字字典》，上海：學林出版社，1997 年。

〔註95〕劉志成《漢字學》，成都市：四川天地出版社，2001 年。

〔註96〕章瓊〈漢字異體字論〉（張書岩主編，《異體字研究》，北京：商務印書館，2004 年）。

〔註97〕李國英〈異體字的定義與類型〉（《北京師範大學學報（社會科學版）》2007 年第 3 期，北京：北京師範大學，2007 年）。

〔註98〕曾榮汾《字樣學研究》，臺北：台灣學生書局，1998 年。

典》）〔註99〕

本字典所稱異體字乃指對應正字的其他寫法。（《異體字字典》）

〔註100〕

（異體字）與所訂的正字相對的字體。包括俗體、古體、簡體、帖體等。如「辭」與「辤」、「體」與「体」。（《重編國語辭典修訂本》）

〔註101〕

B、普遍書寫體式以外之字形爲異體字

（異體字／doublet characters）指漢字通常寫法之外的一種寫法，也稱或體。這種字跟通常寫法比較，或在形旁有所不同，或在聲旁上有所不同。（周祖謨）〔註102〕

（三）「異體字」定義歧異問題論析

事實上，異體字定義之論述相當複雜，除「音義相同而字形不同」爲普遍共識外，其餘如時間（歷時與共時）、用法（部分與全部）範圍之界定，以及通假與異體關係之同異等相關問題，諸家見解頗見紛歧，且至今未有定論，從字書層面來看，便影響了異體字收錄之範圍、數量等。然而，不同字、辭典各有其編輯團隊，原可各有不同之學術主張，單一字、辭典中，則應以一統、清楚之學理概念貫注於編輯體例中。本文爲佛經異體字字典編輯方法研究，乃偏重於編輯方法之探討，學理部分原應留待執行該字典編輯之團隊詳加研議，惟爲明確定義本文所謂之「異體字」，以便鋪展後續論述，此仍就爭議較多之問題提出筆者見解如下：

1、非共時存在之同用異形可視爲具有異體關係

李道明先生將漢字異體分爲縱向、橫向兩類，「所謂縱向異體，是指同一字在甲、金、篆、隸、楷等不同字體中出現的形體差異；所謂橫向異體，是

〔註99〕《現代漢語詞典》（修訂本），北京：商務印書館，1996 年 3 月。

〔註100〕教育部《異體字字典‧編輯說明‧編輯略例》，臺灣學術網路十一版，臺北：教育部，2004 年。（瀏覽日期：2016 年 8 月 29 日）。

〔註101〕教育部《重編國語辭典修訂本》，臺灣學術網路第五版試用版，臺北：教育部，2015 年。（檢索日期：2016 年 8 月 29 日）。

〔註102〕《中國大百科全書‧語言文字卷》（北京：中國大百科全書出版社，1988 年）。

指同一個字在同一種字體中出現的形體差異。」〔註 103〕今所論爲其所謂橫向異體字，係於同一種書體範圍中認定異體關係，惟部分書體使用之時間極長，一字之異形在緜長歷史中先後生滅，故有未必共存於某個時間斷面之情形。如楷書，《宣和書譜・卷三・正書敘論》：「漢建初有王次仲者，始以隸字作楷法。」〔註 104〕依此，楷書使用至今已千年，舊時用字勢必有於今不存者，如《干祿字書》中的「[illegible]」（入聲）、《玉篇》中的「[illegible]」（厂部三百四十八）、《集韻》中的「[illegible]」（入聲・二十二昔）實皆同於今之「席」字，其中「[illegible]」毫無疑慮可作爲「席」之異體字，「[illegible]」、「[illegible]」二字則或有斟酌，其關鍵即在於後二字已不見使用，若立足於當代用字之整理，似不宜加以聯繫，然則，考量用字斷代有其難處，加以解讀歷代文獻之實際需求，以及歷時異體於漢字研究上之意義，筆者以爲，異體整理時不妨廣納歷時與共時之異形，誠如李運富先生所說：

> 談異體字最好泛時化，可以有「共時」的異體字，也可以有「歷時」的異體字；可以從共時的角度歸納異體字的同用現象，也可以從歷時的角度探討異體字的產生和演變。〔註 105〕

2、非全部音義相應之二字仍可具有異體關係

異體字間或與正字間具有同音義關係，爲諸家所肯認，其中音義全同者，自毫無疑問，僅部分相同者，則各家有不同看法。就此，筆者以爲，漢字是漢語的表義符號，字形爲其表象，在語言中產生功效者實爲字形所載之義，從這個角度來看，每個義項都是一個語言單位，「一字多義」實亦可視爲「異義同形」，也就是多個語言單位使用同一個字形符號表義，則如「周」有「完密、周密」、「周徧、圜周」二大義類，作第二義類使用時可寫作「匊」，一般稱之爲「部分異體」，若改以語言表義單位觀之，或可將第一義類之表義符號視爲「周」（1），第二義類之之表義符號視爲「周」（2），「匊」與「周」（2）

〔註 103〕李道明〈異體字論〉（李格非、趙振鐸主編，《漢語大字典論文集》，武漢：湖北辭書出版社／成都：四川辭書出版社，1990 年）。

〔註 104〕《文淵閣四庫全書》電子版 3.0 版（香港：迪志文化出版有限公司，2007 年）。

〔註 105〕李運富〈關於「異體字」的幾個問題〉（《語言文字應用》，2006 年 2 月第 1 期，北京：教育部語言文字應用研究所，2006 年 2 月）。

音義及用法相同，故具有異體字關係。總結來說，以字形爲主體而論，方有
所謂「部分異體」，若以語言表義單位爲主體，則無部分與全部之分別。惟「部
分異體」之稱已屬共識，本文仍將採用，並據以上論點，將其納入異體範圍。

3、屬同音借用之通假字不可視為具有異體關係

異體成因第六項「因字音通假借用」生成之不同用字，學界對於此類型是
否得視爲異體字，持有不同看法，不少學者認爲通假與異體爲文字之的不同關
係，如章瓊先生：

> 通假字，不管是同源通用還是同音借用，都與異體字有著本質的
> 不同。「同音借用字」有的是借字完全取代了被借字的職務，有的
> 是借字取代了被借字的部分用法，不管是哪種情況，借字與本借
> 字的用法都不完全相同。前者如草—艸：「草」雖然取代了「艸」
> 的全部用法，但「艸」不具備「草」的某些用法，如「草棧」、「草
> 斗」、「章草」等均不可寫作「艸」；後者如何—荷：「荷」雖然取
> 代了「何」的負荷意義，但卻不能表示「何」的疑問副詞意義；
> 而「荷」作爲植物「蓮」的別名這一用法也是「何」所沒有的。
> 由於借字與被借字的功能不完全相同，因而它們不能構成異體字
> 關係。〔註106〕

章先生認爲通假字「與異體字有著本質的不同」，其切作角度爲「借字與被借
字的功能不完全相同」，也就是以字用功能同異程度作爲異體字之判準，此當
屬「部分異體」問題範疇，於前項已有論述。教育部《異體字字典》則云：

> 通假字收錄原則：通假字本與異體字有所區別，然若文獻上已明示
> 正異關係者，則本字典仍據以收錄：例如：「后」爲「後」之異體。
>
> 〔註107〕

該典對於通假字與異體字之基本立論爲：「通假字本與異體字有所區別」，但
又以文獻中呈現出的用字實況，有條件地篩選部分通假字進入異體範圍，表

〔註106〕章瓊〈漢字異體字論〉（張書岩主編，《漢字規範問題研究叢書：異體字研究》，北
　　　京：商務印書館，2004 年）。

〔註107〕教育部《異體字字典・編輯說明・編輯凡例・編輯體例・分例》，臺灣學術網路十
　　　一版，臺北：教育部，2004 年。（瀏覽日期：2016 年 8 月 30 日）

現了廣泛聯繫相同功能用字之編輯態度。惟所立標準爲所謂「文獻〔註 108〕上已明示正異關係者」，此關係到各部字書體例訂定是否明確、體例執行是否澈底等細節問題，在判斷上應有一定之難度。

筆者以爲，「異體字」之「異體」關係，可明確聚焦於字形上之關聯，即便有二字皆可用於表達語言中的同一個詞，但二字彼此並無字形變異、孳乳關係，非處於字形演變脈絡中同一軌道者，則不宜納入異體字之範圍。此處所論通假字，爲裘錫圭先生所謂之狹義通假、王寧先生所稱「同音借用」〔註109〕，也就是說，本字與借字之同用係生成於兩者間之同音關係，並非字形上得以聯繫，是以，本文擬以「字形關聯」爲前提，將同音通假字排除於異體字範圍之外，惟以政治力強制用通假字取代本字者，另作他論〔註110〕。

4、古今字之古字與今字可視爲具有異體關係

「古今字」爲訓詁用語，常見於經傳注疏中，用以說明一詞異字的現象，有關古今字之具體內涵，則到清代始有較多探討，並且多見於研究《說文》的著作。李淑萍先生曾就段玉裁、王筠、徐灝之古今字觀點及用例加以探求，綜論如下：

> （段玉裁）以「古今人用字不同」、「主謂同音」、「隨時異用」爲主，重點放在經傳釋字通用假借的「用字」角度上，……除了典籍用字不同之古今字外，還包括書體演變古籀篆隸不同的字例。……王筠對於古字與今字的說明與運用類型，基本上幾乎完全承襲段玉裁，既談典籍通假用字的古今字，又有書體演變意義的古今字，還有造字相承的古今字——「分別文」、「累增字」。王筠提出「分別文」、「累增字」之說，特別留心古今字體上的關聯，著重於漢字形體的增益與孳乳演變……，肩負著「觀念轉向」的橋樑地位。……（徐

〔註108〕此處「文獻」當主要指該典陳列於形體資料表中作爲基礎文獻之字、韻書。

〔註109〕陸宗達、王寧《訓詁方法論》（北京：中國社會科學出版社，1983 年）。

〔註110〕大陸簡化字中有一類型，即於具通假關係的一組字中，取形體較簡者爲規範字，如於「芈」與「豐」、「腊」與「臘」、「后」與「後」三組字中，分別以「芈」、「腊」、「后」爲規範用字。筆者認爲此係以政治力強制介入語文之使用，致使通假字取代了本字之職能，本字與通假字則形成了歷時異體之關係。但這是比較特殊的狀況，並非語言使用的自然演化，亦無法就學理加以探討。

灝）兼采段玉裁與王筠二人的說法，然書中用例所呈現的古今字面
貌幾乎都放在「漢字孳乳」的造字角度。……他著重於用「漢字孳
乳分化」的過程來處理古今字的問題，並且認爲「造字相承增偏旁」
之法才是古今字的通例。〔註111〕

由此知，對於古今字的理解，可分別由「用字」、「造字」角度切入。段玉裁
由「用字」角度云：「凡讀經傳者，不可不知古今字。古今無定時，周爲古，
則漢爲今，漢爲古，則晉、宋爲今，隨時異用者，謂之古今字。」〔註112〕由
「造字」角度分析其例字並加以歸納，則可見書體演化、通假、字形孳乳幾
個類型，徐灝後以「載籍古今本」、「造字相承」爲古今字的二大類型，李運
富、蔣志遠先生認爲他犯了邏輯上的錯誤，也誤導了後世對於古今字的理解，
其爲文評論云：

徐灝是曲解「古今字」本義的源頭，他把王筠的「分別文」、「累增
字」跟「載籍古今本」並列，而且在分析説明時把「古今字」主要
指向「造字相承，增偏旁」現象。後人受此誤導，進一步將「古今
字」等同於具有「造字相承」關係的「分別文」、「累增字」。〔註113〕

經由上述，大致可定義「古今字」爲文獻典籍中同詞異字。同詞，表古字與
今字音義相同；異字，表古字與今字音形相異。而異體字之基本概念爲「音
義相同而字形不同」，以此觀之，古字與今字似乎符合了異體字條件，惟由「造
字」角度探究段玉裁所列舉之古字、今字，其間關係實有書體演化、通假、
字形孳乳幾個類型，而「異體字」之「字形不同」，係以字形相承爲基礎，故
當僅「字形孳乳」一類可納入異體字範圍討論。李運富先生說：

「古今字」和「異體字」並非同一層面用同一標準分出的類，正如
我們不能把一群人區分爲「老人」和「男人」一樣，我們也沒有必

〔註111〕李淑萍〈清儒古今字觀念之傳承與嬗變——以段玉裁、王筠、徐灝爲探討對象〉
（《文與哲》第 11 期，高雄：國立中山大學中國文學系，2007 年 12 月）。

〔註112〕見《說文解字・言部・誼》段玉裁注（漢・許慎著／清・段玉裁注《說文解字》，
臺北：洪葉文化事業有限公司，1998 年）。

〔註113〕李運富、蔣志遠〈從「分別文」「累增字」與「古今字」的關係看後人對這些術語
的誤解〉，《蘇州大學學報（哲學社會科學版）》2013 年第 3 期，蘇州：蘇州大學，
2013 年 5 月。

> 要把「古今字」和「異體字」對立起來加以區分，同一組字完全可
> 以既是「古今字」，又是「異體字」。〔註114〕

但即便具有字形孳乳關係之古字與今字，學者亦未必認同彼此間可作異體聯繫，主要原因是——部分學者認爲認爲異體字是在同一個斷代中可互替運用的多重文字符號，也就是說，「共時」爲建立異體關係的先決條件。觀察教育部《異體字字典》對於古今字之處理，以「然／燃」、「莫／暮」、「景／影」、「陳／陣」、「哥／歌」、「要／腰」、「益／溢」幾組來看，所有字均具有正字身分，顯示今已分化異用，惟其中「然／燃」、「景／影」、「陳／陣」、「莫／暮」四組字又以正、異關係呈現歷時中之共時並用關係，「哥／歌」、「要／腰」、「益／溢」三組則未作正異關係〔註115〕，對於古今字之處理似乎並不一致，或許便反映古今字是否具異體關係尚無定論。

所謂古今字，即「古用彼，今用此」，立足於「今」，如「然／燃」、「莫／暮」、「景／影」、「陳／陣」、「哥／歌」等幾組字，在現今用字環境裡，前後字無法互替使用，確實不具備共時互用的關係，然其既爲古今字，自然代表二字絕對在之前的某個斷代裡爲一詞之多重符號，可以互替使用，後來逐漸分化，始成今之異用結果。換句話說，二字必然在某個斷代裡具備共時並用關係，方得爲古今字，如「莫／暮」一組字，日落爲「莫」之本義，後累增形符作「暮」，「暮」又奪「莫」之本義，「莫」則轉用爲否定詞，「暮」、「莫」便爲分化異用之古今字，惟經查考歷代字、韻書，南朝梁顧野王的《玉篇》已見「暮」字，《集韻》併二字於一條目，釋曰：「《說文》曰：『日且冥也，從日在茻中。』或作暮。」〔註116〕或可推測，南朝梁至宋代這段時期，「暮」、「莫」二字可互替表日落之義。由此可知，古今字之古字與今字在分化異用以前，絕對具備共時並用之特性，惟共用時間或長或短。

〔註114〕李運富〈關於「異體字」的幾個問題〉（《語言文字應用》，2006 年 2 月第 1 期，北京：教育部語言文字應用研究所，2006 年 2 月）。

〔註115〕教育部《異體字字典》，臺灣學術網路十二版（試用版），臺北：教育部，2012 年。檢索日期：2017 年 7 月 29 日。其「本版說明」云：「本版次尚未完成編修，故請仍以現版內容爲據。」惟據筆者所悉，本典字形對應關係之修訂結果係於本版呈現，故此論及正、異關係時以本版次爲準。

〔註116〕《集韻·去聲·莫韻》（臺北：學海出版社，2011 年）。

釐清古今字是否具備共時性之問題後，接著要進一步思索——曾經具備共時並用關係，但今已分化之古今字，是否具備異體關係？筆者以為，此無必然答案，而是一種選擇。如以樹立當代字樣為異體整理目的，分化異用的古今字不宜視為異體字；如以聯繫歷代文獻用字與當代用字為異體整理目的，則宜兼含古今字。誠如李運富先生所說：

> 談異體字最好泛時化，可以有「共時」的異體字，也可以有「歷時」
> 的異體字；可以從共時的角度歸納異體字的同用現象，也可以從歷
> 時的角度探討異體字的產生和演變。〔註117〕

筆者以為，論及字典編輯時，如以聯繫歷代文獻用字與當代用字為目的，不妨採取李先生所提「泛時化」觀點，將具古、今字關係者視為「『歷時』的異體字」，方有助於以「今字」理解「古字」在古籍中的表義功能。

二、歷代字書中之字樣呈現

論及異體字定義時，可由未整理、已整理兩個角度切入。就未經整理者而言，「異體字」為字群概念，具有相同字用的一群字互為異體，並無主從關係；就已整理者而言，「異體字」屬附從身分，係相對於正字之概念，無正字則無異體。字書具有規範性，為文字整理成果，故主要採取後者為異體概念，於對應相同字位之諸體中，定出標準字體為「正字」，餘者即所謂「異體字」。正字與異體字之對舉，涉及文字書寫法式之制訂，則為字樣學範疇，故此首先論及字樣觀念。

（一）漢字字樣之緣起與目標

「字樣」一詞有兩種含意，其一即如字面所表之義，指文字式樣；其一另有深層含意，進一步指經過整理後的、具有規範性質的文字式樣。此處所謂「字樣」主要指後者。字樣學，簡單來說，則為研究文字標準式樣學理、字樣歷史發展的學科。曾榮汾先生於相關專著中，論及字樣學性質：

1、字樣學非即文字學，字樣學當屬文字學新領域。

2、字樣學非形體學，字樣學需藉形體學為基礎。

〔註117〕李運富〈關於「異體字」的幾個問題〉（《語言文字應用》，2006 年 2 月第 1 期，
　　　　北京：教育部語言文字應用研究所，2006 年 2 月）。

3、字樣學非俗字學，字樣學旨在擬訂用字之標準。

4、字樣學非字典學，字典乃表達字樣整理之工具。〔註118〕

曾先生以對比於文字學、形體學、俗字學、字典學的方式，突顯字樣學的特性。此謂「字樣學非字典學」，明確區隔了兩門學科，但接著「字典乃表達字樣整理之工具」一句，又將此二者加以緊密連結。依據學理、經過整理所樹立之字樣，必須透過展現、推廣的過程，始能具體地影響用字實況，作為語文工具書、提供文字使用指引的字典，恰巧提供了最佳場域，是以，歷代漢字字書中，不乏可見當代字樣之呈現，今藉由字典字頭之取形、音義相應字形之編排，可略窺漢字字樣觀念之發展脈絡。

漢字字書字樣觀念之肇基，當可溯源至以導正漢字書寫及儒家經典文字訓詁為目的的東漢《說文解字》。許慎著此書，一則選擇較為符合文字本形之小篆為字體，放棄時興的隸書；一則於當時的用字中挑選出標準字體，另收錄部分其他字形為「重文」。如此訂定標準字體、併列其他書寫形式的字典編輯體例，於後續字書仍見，惟其中字樣觀念之成熟，則要到唐代。劉元春先生曾說到：

> 字樣學是唐代漢字規範的指導性標準，也是現代漢字規範的源頭。
> 伴隨著不斷湧現的書法家對楷字定型所奠定的基礎，有唐一代的社
> 會上下均置身於蓬勃興起的正字運動中。而字樣學是其中重要的組
> 成部分。〔註119〕

正字運動，是為統整書寫行為、規範書寫式樣。而此統整作為之發動，往往因應治亂之需要；規範之制定，則是因應標準依據之需要。推究唐代字樣研究之盛，當有幾個層面的原因：

1、從漢末、三國至魏晉南北朝，政權交替頻仍，社會動盪不安，人民流離困苦，自無瑕用心於文化，致使文字使用紊亂，不利於唐王朝振興帝國文化。

2、漢字由篆而隸，至唐代，則楷書大興，經過如此書體演變歷程，文字書

〔註118〕曾榮汾《字樣學研究》（臺北：學生書局，1988 年）。

〔註119〕劉元春，〈《基於語料庫的字樣學與實物用字比較研究》序論〉，《漢字研究》第 6
輯，2012 年 6 月。

寫難免保留前一書體特色，字形樣式或尚未穩定，故有制定字形明確筆
畫之必要。

3、三國魏文帝所訂的九品中正制於隋代廢止，始於隋的科舉制度則成二、
於唐代，考試時競爭激烈，對於文字書寫必然點畫計較，故須有可供裁
定正誤之明確準則。

《舊唐書》中有云：「太宗又以經籍去聖久遠，文字多訛謬，詔前中書侍
郎顏師古考定五經，頒於天下，命學者習焉。」〔註120〕太宗在位為唐之太平
盛世之年，政通人和，歲稔年豐，或因此，為政者故有餘力關注文化層面的
問題，其中包含文字書寫規範。在官方倡導之下，學者於是投入文字整理工
作，也陸續產出字樣相關著作。貞觀七年，《字樣》一書面世，其後較著名的
論著，尚有顏元孫的《干祿字書》、張參的《五經文字》、玄度的《九經字樣》，
其中顏元孫之《干祿字書》開啟了字樣研究，最為重要。此書繼承於其伯祖
顏師古之《顏氏字樣》，為經籍用字整理結果，惟顏元孫將此字體規範進一步
推昇為國家考試依循準則，其後之《五經文字》、《九經字樣》，則顧名思義，
仍然以以辨正經傳文字形體為目的。以上論著，雖由經籍用字出發，惟仍同
時具有導正、規範普遍社會用字之功能。唐代以後，如宋代郭忠恕的《佩觿》、
明代梅膺祚的《字彙》張自烈的《正字通》、清代的《康熙字典》，在收字
呈現的編排與說明上，亦見《干祿字書》等字書所呈現之字樣樹立概念。

由歷史的發展來看，漢字字樣之產生，乃因應實務上的需要，以改善用
字紊亂情形為宗旨，所關注焦點為用字的標準書寫方式。而正字之「正」可
有二層意義：一為學理層面的意義，著重構字原理（即六書原則）上的正統
性，依賴學者見解；一為規範層面的意義，著重於公定標準中的正規性，必
然由官方認定。上述字書所定正字，主要屬學理層面的意義，惟其中《康熙
字典》係清康熙帝敕撰字書，具有官方色彩，另外，唐代《干祿字書》則因
作為科舉考試的用字依據，某種程度上影響了國家的用人標準。然而，由不
同層面意義上制定之正字，結果未必衝突，官方認定之正字亦可為符合構字
原理者，如教育部《異體字字典》中之正字為官方頒布標準字體，該字體研
訂原則中即見「符合初形本義」一項。綜言之，歷代樹立字樣，基本上概以

〔註120〕《舊唐書・卷一八九卷・儒學傳上》（《文淵閣四庫全書》電子版 3.0 版，香港：
　　　　迪志文化出版有限公司，2007 年）。

承續六書傳統爲基本原則，今中共推行之規範字之所以引發爭議處，即當中的簡化字字形，有極大部分脫離了六書構形系統，使文字失去應有的藉形表義功能。

論及正字制訂，無論依據學理或由官方認定，均無唯一、恆常的字樣標準可作爲準則。在用法相同的一群字中，符合六書原則者或不僅一體，官方制定正字字體時，則或有不同的政治、教育等考量，是以，不同字書、不同時代樹立之字樣同異互見，例如：《干祿字書》以「亂」爲正字，「乱」爲異體，今臺灣用字亦同，大陸地區則以「乱」爲正字；再如同爲唐代字書，《干祿字書》、《五經文字》分別以「㕙」、「吝」爲正字，今臺灣用字以「吝」爲正字。

無論如何，樹立字樣，即爲將文字形體加以標準化、規範化，在實務上，具有建立字形標準、導正文字書寫之效能，按理說，作爲語文使用工具書之字書當呈現正字字形即可，惟觀歷代字書，不乏兼收正字以外之其他字形者，如《干祿字書．去聲》：「吝㕙，上通下正。」、《玉篇．口部》：「吝，力進切，惜也；㖁，古文。」反映了部分文獻中的文字使用實況，有助於溝通現今用字與當代文獻用字，也爲漢字研究提供豐富的素材。本文論述之佛經異體字字典，首要目標爲溝通當今用字及歷代佛經用字，故亦將採取兼收正字及其他書寫字形（異體字）之做法，立正字係以當今用字明其文字音義，收異體則爲連結文獻用字。接下來，故擬針對兼收正、異體字之字書，探討其字形編排方式。

（二）歷代字書之正、異體字編排方式探討

觀歷代漢字字書，位居開山鼻祖地位之《說文解字》即有兼收正、異體字之體例，其後亦有多部字書採取相同收字立場，李瑩娟先生就異體字整理文獻加以列表，其中「傳統字書、韻書」類有三十二筆，「現代字書」類有日本及兩岸成果十三種，茲以李先生之彙整成果〔註 121〕爲基礎，挑選其中不僅

〔註 121〕李瑩娟《漢語異體字整理法研究》（雲林：雲林科技大學，碩士論文，2006 年）。本文第三章第一節〈異體字整理的相關文獻〉云：「經過整理，可供研究異體字的相關資料甚多，難以盡舉，爲了解其中成就，試擇其中較爲重要者，表述如下。」其列表第參類「傳統字、韻書」中有：1.《說文解字》（大徐本靜嘉堂藏本）、2.《說文解字》（大徐本陳昌治刻本）、3.《說文解字注》、4.《原本玉篇殘

陳列字形並說音釋義之《說文解字》（東漢）、《龍龕手鑑》（遼）、《大廣益會
玉篇》（南朝梁）、《干祿字書》（唐）、《廣韻》（宋）、《集韻》（宋）、《字彙》（明）、
《康熙字典》（清）八部傳統字書，以及《中文大辭典》、《漢語大字典》、《異
體字字典》三部現代字書，探討其正字、異體字編排方式。此先依編排類型
歸納如下：

1、異體字與正字以字組形式編排

　　於此類型，異體字與正字基本上組成為字串形式，釋義置於字與字間，或
置於諸字形之後，又或字形與釋義分別陳列。

（1）先列正字，釋義後接續陳列異體字，如：

《說文解字》

　　𠶷，恨惜也。从口，文聲。《易》曰：「以往吝。」𠖬，古文吝，从
彣。（口部）

　　番，獸足謂之番。从釆、田，象其掌。𨁀，番或从足，从煩。𩕃，
古文番。（釆部）

卷》、5.《大廣益會玉篇》、6.《玉篇》及《玉篇索引》（國字整理小組編輯）、7.
《干祿字書》、8.《五經文字》9.《新加九經字樣》、10.《汗簡》、11.《佩觿》、
12.《廣韻校本》、13.《宋刻集韻》、14.《類篇》、15.《古文四聲韻》、16.《復古
編》、17.《班馬字類》、18.《龍龕手鏡》、19.《龍龕手鑑》、20.《龍龕手鑑新編》
（潘重規主編）、21.《四聲篇海》、22.《字鑑》、23.《六書正譌》、24.《俗書刊
誤》、25.《字學三正》、26.《重訂直音篇》、27.《字彙》、28.《正字通》、29.《字
彙補》、30.《康熙字典》31.《經典文字辨證書》、32.《增廣字書舉隅》；第肆類
「現代字書」中有：1.《中華大字典》、2.《古今正俗字詁》、3.《字辨》、4.《字
辨補遺》、5.《增補彙音寶鑑》、6.《大漢和辭典》、7.《中文大辭典》、8.《字形
匯典》、9.《漢語大字典》、10.《漢語大詞典》、11.《佛教難字大字典》（日本）、
12.《佛教難字字典》、13.《中華字海》；第伍類「現代異體字資料整理」中名稱
含「字典」者有：1.〔日〕《難字、異體字典》（李按：《佛教難字字典》的普及
版）、2.〔日〕《異體字解讀字典》、3.《簡化字繁體字異體字辨析字典》、4.〔
日〕《漢字異體字典》、5.《異體字字典》（李圃主編，上海：學林出版社）、6.《異
體字字典》（教育部國語推行委員會，臺北：教育部）7.〔韓〕《高麗大藏經異
體字字典》、8.《楷書異體字字典》。

《龍龕手鑑》

㤁，俗。吝，正，良刃反，―惜也，慳也。三。（口部）

《玉篇》

吝，力進切，惜也。㤁，古文。（口部）

誕，徒旱、徒旦二切，大也，天子生日降誕。𧗊，籀文。（言部）

《廣韻》

訛，謬也，化也，動也。五禾切。七。譌吪，並同上。（平聲・戈
韻）

憝，怨也，惡也。《周書》曰：「元惡大憝。」憞，上同。譈，亦
同。（去聲・隊韻）

㷠，《說文》作㷠，鬼火也，兵死及牛馬血爲之。燐，上同。（去聲・
震韻）

焦，傷火也，……爵，籀文。（平聲・宵韻）

《字彙》

吝，良愼切，音藺，悔吝，又鄙吝，又羞吝，又愛也，惜也。《論
語》：「出納之吝。」又恨也。……《六書正譌》：「別作悋悋㤁，竝
非。」㤁，同上。（口部）

悋，良愼切，音吝，鄙也，慳也，惜也。㤁，同上。（心部）

（2）先列異體字，其後接續陳列正字及釋義，如：

《龍龕手鑑》

㤁，俗。悋悋，二正，良刃反，―惜也，貪鄙也。二。（心部）

（3）異體字與正字連貫爲字串，正字在前，如：

《康熙字典》

吝古文㤁㤁㗃，唐韻 集韻 韻會 正韻 並良刃切，音藺。說文恨也。
易屯卦君子幾不如舍往吝……（口部）

走古文㞚，廣韻子苟切。集韻 韻會 正韻子口切，並奏上聲。說文

趨也，从夭从止。註徐鍇曰：夭則足屈，故从夭。……（走部）

（4）異體字與正字連貫為字串，正字在末，如：

《干祿字書》

𠯑吝，上通下正。（上聲）

赱走赱，上中通下正。（上聲）

《龍龕手鑑》

屄古尾扇㞙三俗尿今㞙正，奴弔反，腹中水也。（尸部）

𠔿俗罔正，文兩反，無一也，此字與四部相濫，故從俗者也。二。（冈部）

（5）異體字與正字連貫為字串，未指明其正、異，如：

《龍龕手鑑》

盬俗盬今，音古，鹽也，咟也，又不固也。二。（皿部）

𥘵古禥籀文祺今，音其，福也，祥也。二。（礻部）

《集韻》

吝𠯑吝咯𠯑，良刃切，《說文》：「恨惜也。」引《易》：「以往吝。」吝，古作𠯑吝，或作咯𠯑。（去聲・稕韻）

赱走，子口切，《說文》：「趨也。」从夭、止者，屈也。隸省。（上聲・厚韻）

番蹞蹯𠬛𤰈，《說文》：「獸足。」謂之番从釆，田象其掌。或作蹞蹯，古作𠬛𤰈，亦書作𧾷𩔥。（平聲・元韻）

昭炤昭曌，之笑切，《說文》：「明也。」或从火，亦省，唐武后作曌。（去聲・笑韻）

（6）異體字陳列於所對應正字字頭下（釋義於字形欄下），如：

《異體字字典》

〔圖表〕11：教育部《異體字字典》「各」、「走」、「番」之異體字列表

2、異體字與正字非以字組形式編排

於此類型，異體字與正字基本上分別陳列及說釋；若有多個異體字對應相同正字，多個異體又或分別陳列，又或成組陳列。

（1）異體字獨立陳列，如：

《玉篇》

　奿，夫元切，今作番，數也。（丑部）

　謌，葛羅切，長言。亦作歌。（言部）

　謓，昌仁切，怒也。今作嗔。（言部）

《廣韻》

　愘，鄙愘，本亦作吝。（去聲・震韻）

　㷠，鬼火，《說文》曰：「兵死及牛馬之血爲㷠。」今作燐，同。力珍切，又力刃切。（平聲・眞韻）

《字彙》

　哎，古文吝字。（口部）

　夲，篆文走字。《說文》：「从夭、止。夭止者，屈也。」徐鍇曰：「夲

則足屈，故从夭。」……（走部）

《康熙字典》

岙，集韻岙，古作岙。註，詳本畫。前漢魯恭王傳晚節遴註師古曰：遴與岙同，猶言貪嗇也。（口部）

唜，正字通俗岙字。（口部）

唔，集韻同岙。俗作唜。（口部）

哎，說文古本岙字。（口部）

哆，五音集韻古文岙字。（口部）

屴，字彙補古文走字。註詳部首。（山部）

㞪，說文走作㞪。（走部）

歨，字彙補子苟切，音走，義闕。按，此當即走字之譌。（止部）

戻，集韻與番同。（广部）

《中文大辭典》

厽，岙之俗字。（厶部）

岙，岙之古字。〔集韻〕岙、古作岙。（口部）

唜，岙之俗字。〔正字通〕唜、俗岙字。（口部）

哎，岙之古字。〔說文〕岙、哎、古文岙从夭。（口部）

唔，與岙同。〔集韻〕岙、或作唔。（口部）

哆，岙之古字。〔五音集韻〕哆、古文岙字。（口部）

恡，與岙恡同。〔正字通〕恡、本作岙、俗作恡恡。（心部）

悋，……㈢與岙同。〔廣韻〕悋、鄙悋。本亦作岙。（心部）

悋，悋之俗字。〔集韻〕悋、或作悋。〔正字通〕悋、俗悋字。（心部）

屴，走之古字。〔字彙補〕屴、古文走字。（山部）

歨，走之譌字。〔康熙字典〕歨、按此當即走字之譌。（止部）

赱，走之俗字。〔宋元以來俗字譜〕走、通俗小説作赱。（走部）

㞍，走之本字。〔説文〕㞍、从夭止。〔正字通〕㞍、俗作走。〔康熙字典〕㞍、説文，走作㞍。（走部）

庎，與番同。〔集韻〕番、或作庎。（广部）

畨，番之俗字。〔宋元以來俗字譜〕番、通俗小説作畨。（田部）

《漢語大字典》

厸，同「吝」。《廣韻・震韻》：「吝，俗作厸。」《管子・牧民》：「厸於財者失所親，信小人者失士。」……（厶部）

呁，同「吝」。《集韻・稕韻》：「吝，俗作呁。」《正字通・口部》：「呁，俗吝字。」（口部）

唫，同「吝」。《龍龕手鑑・口部》：「唫」，「吝」的俗字。（口部）

唶，同「吝」。《集韻・稕韻》：「吝，或作唶。」（口部）

嗲，同「吝」。《五音集韻・震韻》：「嗲」，「吝」的古文。（口部）

怹，同「吝」。《正字通・心部》：「怹，本作吝。」《商君書・更法》：「吾聞窮巷多怹，曲學多辨。」《孔子家語・致思》：「甚怹於財。」（心部）

悋，同「吝」。《廣韻・震韻》：「悋、鄙悋。本亦作吝。」晉・釋道恆《釋駁論》：「商也慳悋，賜也貨殖。」（心部）

恡，同「悋」。《集韻・稕韻》：「悋，鄙也，或作恡。」《正字通・心部》：「恡、俗悋字。」（心部）

夵，同「走」。《龍龕手鑑・大部》：「夵，今作走。」〈漢度尚碑〉：「夵馬叭糞。」……（大部）

㞍，同「走」。《類篇・走部》：「㞍，趨也。从夭、止。」司馬光注：「今隸變作走。」……（丿部）

屶，同「走」。《龍龕手鑑・山部》：「屶」、「走」的俗字。（山部）

歨，同「走」。《改併四聲篇海・止部》引《類篇》：「歨，音走。」

《字彙補・止部》：「辵，子肘切，音走。義闕。」《康熙字典・
止部》：「辵，此當即走字之譌。」（山部）

走，同「走」。《宋元以來俗字譜》「走」引《通俗小說》、《古今雜
劇》、《目連記》等作「走」。《古列女傳・節義・魯秋潔婦》：
「遂去而東走投河而死。」（走部）

庉，同「番」。更代；輪換。《集韻・願韻》：「番，更次也。或作庉。」
（广部）

畨，（一）同「番」。《五經文字・米部》：「番、畨，上《說文》，下
經典相承隸省。凡潘、蕃之類皆從畨。」晉・左思〈蜀都賦〉：
「蒟醬流味於畨禺之鄉。」（二）……（田部）

（2）異體字成組編排

《龍龕手鑑》

𡗉𡗉，子侯反，疾趨曰一，又祖茍反。今作走，二。（大部）

恡俗悋悋二正，良刃反，一惜，貪鄙也。三。（心部）

屳俗走通屳古文，走字，三。（山部）

3、異體字未收為字頭，僅呈現於釋義中

於此類型，異體字非為字書收錄之字頭，僅於正字釋義中提及。

《廣韻》

鶒，鸂鶒，鳥名，美形，出《廣雅》，亦作𪇰。（平聲・東韻）

吝，悔吝，又惜也。俗作吝。（去聲・震韻）

淚，目液也，俗作淶，非是。（去聲・至韻）

《集韻》

忽悤，麤叢切，《說文》：「多遽悤悤也。」古作悤，俗作怱，非是。（平
聲・東韻）

聾，《說文》：「無聞也。」或書作聧。（平聲・東韻）

㔼頋頋，《說文》:「直項。」或从頁，亦書作峒。（上聲・董韻）

三、編輯實例探討——以教育部《異體字字典》爲例

「異體字字典」是屬專題字典，論其編輯，除涉及一般語文字典編輯方法，亦涉及異體字整理方法。觀歷代字書，《說文解字》以降，累積了不少成果，各有其當代用字整理的時代意義，也留下不少珍貴的異體字資料，惟於名稱直指「異體字」主題，且係利用當代較新編輯技術之大型字書，惟見當代教育部《異體字字典》〔註122〕。中國大陸學者李國英、周曉文先生合撰之〈基於字料庫的開放式異體字整理平臺的設計與實現〉一文中亦認可該典云:「臺灣教育部《異體字字典》是目前最好的在線漢字異體字字典。」〔註123〕因應「佛經異體字字典」編輯需要，本章節擬就同樣以異體字爲專題之教育部《異體字字典》爲取法對象，由其編輯成果及編輯報告書中詳書之執行細節，構思本論文之漢文佛經異體字字典編輯方法。又本典於本論文撰寫期間，同時有 2004 年及 2012 年推出的兩個版本在線，後者爲檢索系統試用版，內容尚在修訂中，故此論及字典內容時，係以 2004 年公布的正式五版爲主。〔註124〕

（一）教育部《異體字字典》編輯歷程

1、編輯及修訂者

本典編輯者爲教育部國語推行委員會。國語推行委員會（以下簡稱「國語會」）成立於 1935 年，是中華民國教育部的分支功能性委員會，前身爲 1919

〔註122〕韓國李圭甲先生所編的《高麗大藏經異體字典》（首爾：高麗大藏經研究所，2000年）與本研究主題最爲相近，惟本書爲韓國文獻，與我國語文環境畢竟有所差距，又因內容併用漢字與韓文，筆者囿於語文能力，有讀解上之困難，故將此列爲參考資料。

〔註123〕李國英、周曉文、朱翠萍、陳瑩〈基於字料庫的開放式異體字整理平臺的設計與實現〉，《中國文字學報》，北京：北京師範大學民俗典籍文學研究中心，2015 年。

〔註124〕本論文撰寫於 2016～2018 年，教育部《異體字字典》分析爲第一年（2016 年）進行的工作。時如文中所說明，同時有 2004 年及 2012 年推出的兩個版本在線。至 2017 年 11 月，則僅存 2012 年所推出版本在線，惟仍爲「試用版」，2004 年的版本移置於本版次之附錄中的「異體字字典（正式五版）」項下。筆者考量 2017年後在線之現版尚爲試用版，並非定本，又以前版爲分析對象，對照於現版，恰可反映本典發展之軌跡，是以仍維持就 2004 年推出之正式五版進行探析。

年成立的「國語統一籌備會」（後改組爲「國語統一籌備委員會」），1948 年國民政府播遷至臺灣後，教育部原未設置國語推廣委員會，至 1981 年爲加強臺灣國語文教育，始恢復設立〔註125〕，2000 年後又另行開展本土語言相關業務。該委員會的字、辭典編修工作約於 1987 年起開始進行，陸續出版了《重編國語辭典修訂本》、《國語辭典簡編本》、《國語小字典》、《異體字字典》、《成語典》五部國語文字辭典，以及《臺灣閩南語常用詞辭典》、《臺灣客家語常用詞辭典》、《臺灣原住民族歷史語言文化大辭典》三部本土語文辭典。

　　2012 年起，中央政府針對行政院及其所屬部會進行功能業務與組織調整（又稱「行政院組織改造」、「組改」），教育部國語推行委員會於此波改革中遭裁撤，部分業務及組織人員於 2013 年 1 月 1 日起併入教育部終身教育司第四科（閱讀及語文教育科），五部國語字、辭典編務及相關國語文研究業務則移撥至部屬機關國家教育研究院，故自 2013 年起，教育部《異體字字典》及其他四部國語字、辭典均改由該院維運及編修。

　　簡言之，本典爲官方編修之字典，原編者爲教育部國語推行委員會，2013 年起則由國家教育研究院維運及修訂。.

2、編輯緣起

　　《異體字字典》的編輯時間約莫爲 1995 年至 2001 年，擔任該典編輯委員會副主任委員之陳新雄先生於序言中細述了編輯緣起：

> 民國八十三年九月二十八及二十九日，我應韓國國際漢字振興協議會會長鄭秉學先生之邀，以中華民國代表主題發表人之身分，赴韓國漢城參加「第二屆漢字文化圈內生活漢字問題國際研討會」發表論文，……此次會議主要議題，在於韓、日兩國深覺中共簡體字之推行，實爲各國之間彼此溝通造成障礙，特別是中文電腦軟體流通之障礙。因此希仍在使用漢字之各單一國家，共同研商，在現行文字基礎上，研尋一種穩定字形式樣，訂定共同文字形式，然後進行標準化與統一化，以便彼此溝通，及促進資訊之交流。……各國代

〔註125〕隨行政院功能業務與組織調整，教育部國語推行委員會於 2013 年 1 月 1 日併入教育部終身教育司第四科（閱讀及語文教育科），五部國語字、辭典編務同時移撥至部屬機關國家教育研究院。

表共同決議，期盼各國代表返國後，向各國政府建議，將確立漢字
共同型式作爲政府政策，並希望各國能編定《異體字典》。……余自
韓返國後，爲使我國在訂定標準化漢字方面，能有所供獻，故乃呈
文教育部國語推行委員會，請在其權責之內，研擬編撰異體字典之
可行性，國語推行委員會李主委爽秋（鍌）與全體委員會議決定，
爲延續教育部推行標準字體政策之成功，及加強將來參與國際研訂
漢字標準型式之發言分量，乃毅然通過編撰異體字典。〔註126〕

由陳先生的這段話，可知本典編輯實已跨越國內語文教育之主要任務，更爲宏
觀地著眼於亞洲漢字圈之字形整理及字樣建立，於是提出下列推動本典編輯專
案之理由：

一、爲維護傳統正字的地位，有必要將亞洲漢字以正字爲綱領作一
統整。

二、爲日後擴編中文電腦內碼，有必要作大規模整理，以爲擴編之
基礎。

三、爲修訂原異體字整理的初步成果，有必要正訛與增訂。〔註127〕

爲此宏大理想，本典召集二十餘位學者組成編輯委員會，由李鍌先生擔任主
任委員，陳新雄、李殿魁擔任副主任委員，委員則有簡宗梧先生、許錟輝先
生、蔡信發先生、張文彬先生、林炯陽先生、黃沛榮先生、姚榮松先生、王
初慶先生、周小萍先生、金周生先生、李添富先生、季旭昇先生、許學仁先
生、葉鍵得先生及竺師家寧，負責處理編輯過程中之學理相關問題，此外，
另有主要畢業於大學中文科系之數十位專任編輯人員〔註128〕、中文研究所碩
博士班在學生組成之編輯團隊，在總編輯曾榮汾先生之領導下，執行基礎資
料整理、稿件收發、成果編輯等各種繁複的編務工作。歷時六年，於 2001 年

〔註126〕教育部《異體字字典・編輯說明・序・陳副主委序》（臺灣學術網路十一版，臺北：
教育部，2004 年）。（瀏覽日期：2016 年 9 月 11 日）

〔註127〕教育部《異體字字典・編輯說明・序・李主委序》（臺灣學術網路十一版，臺北：
教育部，2004 年）。（瀏覽日期：2016 年 9 月 11 日）

〔註128〕筆者時任執行編輯，負責本典字形初審，工作內容爲蒐尋及謄寫文獻中之異體字
形，再送交編輯委員會複查審定。

正式推出編輯成果，其間爲蒐集讀者意見，並於 2000 年便先行推出試用版。曾總編輯在試用版序言中，描述了部分的編輯歷程：

> 編務的第一步是確立文獻。我們用字史的觀念，由古今中外，雅俗兼具，在量力而爲的前提下，蒐了六十二種基本文獻。經過分析後，確定每種文獻採錄異體的標準。進而規劃編輯流程，開發系統，採購設備，三個月後，向委員會提出試作樣張。因爲預估總成果的內容十分龐大，所以從一開始，成果的展示方式就朝電子版本去設計。就連會出書面的新《異體字表》也都是先作好電子版本。近年來國語會的語文成果無一不利用網際網路推廣出去，所以本字典的編輯流程就朝向成果以網頁編寫來設計。〔註 129〕

由此段話可知，本典雖起心於當代漢字整合，但在執行時，實擴大了目標，「古今中外」、「雅俗」用字均在蒐錄範圍內，預期編輯一部「內容十分龐大」的鉅製。

3、編輯成果及版本

本典編輯成果可概分爲索引、正文、附錄三大區塊，其中「正文」係爲最主要者，有關各區塊之內容，「網路版說明」中之前七點針對索引、正文作了大致的歸納：

> 一、本字典於民國八十九年六月發行，本版爲民國九十三年一月臺灣學術網路十一版（正式五版），內容含正字與異體字，共 106,230 字。〔註 130〕
>
> 二、本字典以正字爲編輯綱領，逐字附上形音義及所領屬的異體字。
>
> 三、本字典異體字部分，逐字陳列於其所對應之正字下。依字形、部首筆畫、內容編輯。
>
> 四、本字典異體字之內容主要呈現所據之關鍵文獻，並說明該字所

〔註 129〕教育部《異體字字典・編輯說明・編輯凡例・編輯目標》（臺灣學術網路十一版，臺北：教育部，2004 年）。（瀏覽日期：2016 年 9 月 9 日）

〔註 130〕又據〈編輯略例〉，106,230 字中包括正字 29,892 字，異體字 76,338 字（含待考之附錄字）。（瀏覽日期：2016 年 9 月 14 日）

有之對應關係。若有委員「研訂說明」則顯示連結訊息。

五、本字典之委員「研訂說明」是指異體字構變化須再進一步說明者。凡此部分，爲尊重委員，編輯小組不作更動。

六、本字典異體字之關鍵文獻欄，僅展示未涉著作權之文獻。讀者若有需要，請依所附辦法提出申請。

七、本字典檢索採部首與筆畫索引，含正字、異體字之檢索。〔註131〕

　　除正文以外，本典附錄亦有大量珍貴資料，不但有就俗字、日韓用字等不同專題之字形蒐錄，有關編輯團隊對於偏旁、部首分併之斟酌與處理觀點，由各式字構形體歸納表中亦得窺見。是以，附錄同樣是本典編輯之重要成果。

　　綜合上述及實際閱讀本典內容，茲以下圖呈現本典整體成果架構：

〔圖表〕12：教育部《異體字字典》內容架構圖

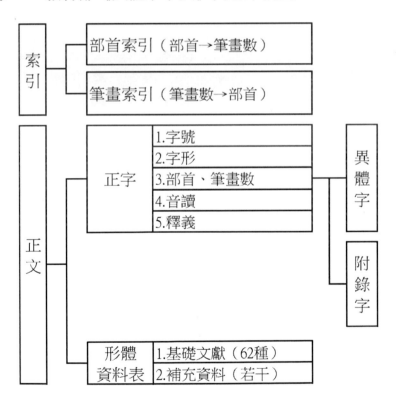

〔註131〕教育部《異體字字典・《異體字字典》網路版說明》（臺灣學術網路十一版，臺北：教育部，2004 年）。（瀏覽日期：2016 年 9 月 12 日）

```
            ┌─────────────────────────┐
         ┌──│ 異體字例表               │
         ├──│ 偏旁變形歸納表           │
         ├──│ 二一四部首各種形體歸併表 │
         ├──│ 聯綿詞異形表             │
         ├──│ 中日韓共用漢字表         │
         ├──│ 民俗文獻用字表           │
      附 ├──│ 兩岸化學元素用字對照表   │
      錄 ├──│ 避諱字參考表             │
         ├──│ 漢語方言用字參考表       │
         ├──│ 單位詞參考表             │
         ├──│ 符號詞參考表             │
         ├──│ 待考正字表               │
         ├──│ 異體字表修訂版           │
         ├──│ 原異體字表修訂紀錄       │
         └──│ 漢語方言用字參考表       │
            └─────────────────────────┘
```

上圖展示之編輯內容綱要，於 2000 年 6 月發行的初版即已建立，至 2004 年
1 月的臺灣學術網路十一版（正式五版），內容大綱未見改變，內容則經數次
地微幅調整，故於此期間更新了數個版本。2000 年 6、7、10、12 月分別推
出試用一～四版，2001 年 3、5 月又推出試用五、六版，2001 年 6 月即推出
正式一版，接著在 8、11 月便進行了兩次改版，至 2004 年已更新為正式五版，
該版本便一直沿用 2017 年。此外，另於 2002 推出光碟版，收字為 106,152
字，與 2002 年 5 月推出之正式四版相同。詳細改版紀錄如下：

（一）網路版公布時間：

民國 89 年 6 月　臺灣學術網路一版（試用一版）

　　　　　 8 月　臺灣學術網路二版（試用二版）

　　　　　10 月　臺灣學術網路三版（試用三版）

　　　　　12 月　臺灣學術網路四版（試用四版）

　　90 年 3 月　臺灣學術網路五版（試用五版）

　　　　　 5 月　臺灣學術網路六版（試用六版）

民國 90 年 6 月　臺灣學術網路七版（正式一版）：收字 105,982 字

        8 月   臺灣學術網路八版（正式二版）：收字 106,074 字

       11 月   臺灣學術網路九版（正式三版）：收字 106,094 字

91 年 5 月   臺灣學術網路十版（正式四版）：收字 106,152 字

93 年 1 月   臺灣學術網路十一版（正式五版）：收字 106,230 字

（二）光碟版公布時間：

  民國 89 年 8 月 常用字試用版

         10 月 常用字試用二版

  91 年 10 月 DVD 光碟版（總收字 106,152 字）〔註132〕

由正式版之改版及修訂紀錄來看，本典在 2001～2004 年間仍持續蒐錄字形，收錄達十萬字以上，較之大陸收字較多的《漢語大字典》（六萬餘字）〔註133〕、《中華字海》（八萬餘字），字形資料更為豐富，編輯成就可稱浩瀚。但一部編制如此浩大的字典，相對必須投入大量時間、人力，方能使編輯成果趨於完善，惟本典編輯期程僅六年，投注人力亦十分有限，勢必有部分理想未能達成，總編輯曾榮汾先生於正式版序言中便提到：

> 此次整理，雖然謹守文獻，以教育部常用、次常、罕用三正字表為綱，蒐羅異體，建立字例，卻可能囿於文獻範疇及編輯學養，以致掛一漏萬，遺珠處處。此所以有編完字典，卻覺未竟全功之憾。〔註134〕

或即因此「未竟全功之憾」，教育部隨後啟動修訂工作，於 2012 年 8 月推出版面令人耳目一新的版本。就其說明，係因大幅變動了檢索系統，故推出系統試用版徵求讀者之使用意見。據「新版系統試用說明」，相較於前版之新版本主要特色為：

〔註132〕教育部《異體字字典・編輯說明・修訂及改版紀錄》（臺灣學術網路十一版，臺北：教育部，2004 年）。（瀏覽日期：2016 年 9 月 12 日）

〔註133〕《漢語大字典》為徐中舒主編，四川辭書出版社和湖北辭書出版社聯合出版。第一版至 1990 年出齊，共八卷，收錄五萬餘字；第二版至 2010 年出版，增至九卷，收錄約六萬字。

〔註134〕教育部《異體字字典・編輯說明・序・曾總編輯序（《異體字字典》正式版）》（臺灣學術網路十一版，臺北：教育部，2004 年）。（瀏覽日期：2016 年 9 月 12 日）

（一）查詢介面

　1、正文收字的查詢

　　　提供八種查詢方式。除現行版本既有的「部首查詢」、「筆畫查詢」外，另增設「單字」、「注音」、「漢語拼音」、「倉頡碼」、「四角號碼」五種查詢方式，以及綜合上述七種方式後另加入筆順、形構條件的「複合查詢」。

　2、附收字的查詢

　　　提供部分附錄收字綜合查詢功能，包含〈待考正字表〉、〈單位詞參考表〉、〈符號詞參考表〉、〈日本特用漢字表〉、〈韓國特用漢字表〉、〈臺灣閩南語用字參考表〉、〈臺灣客家語用字參考表〉、〈漢語方言用字參考表〉等八種。

（二）收字呈現

　1、系統字採用 Unicode 字集，字型以微軟標楷體爲主。Linux 系統使用者則建議安裝全字庫正楷體字型。

　2、非系統字則提供「教育部宋體字圖」及「原版手寫字圖」兩種模式選擇，前者爲系統預設模式。〔註135〕

觀此言，所推試用版確係側重於檢索系統的翻新，除以多種檢索途徑大幅提升檢索功能，並順應中文資訊環境之進步，降低字典中字圖的使用量。二版檢索主畫面分別如下：

〔圖表〕13：教育部《異體字字典》正式五版畫面

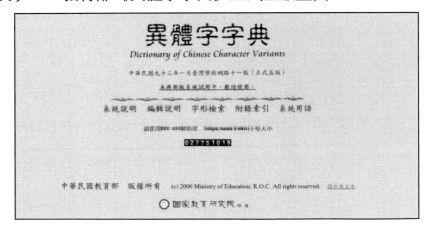

〔註135〕教育部《異體字字典‧教育部《異體字字典》新版系統試用說明》（臺灣學術網路十一版，臺北：教育部，2004 年）。（瀏覽日期：2016 年 9 月 12 日）

〔圖表〕14：教育部《異體字字典》2012 年所推試用版畫面

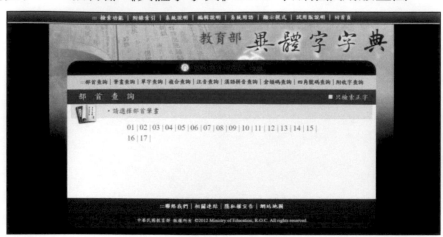

以上「新版系統試用說明」側重於系統層面，未詳及新版之內容修訂概況，惟言及：「本版次尚未完成編修，故請仍以現版內容爲據。」〔註136〕或因此，本版次推出之後，原來的正式五版仍於線上提供使用，至今仍爲二版並行之狀態，而本文乃以內容已屬定稿之 2004 年所公布正式五版爲探析對象。

（二）教育部《異體字字典》正文編輯體例

前章論傳統字書體例，屢困於未見凡例說明，常僅能由成果抽絲剝繭，臆測編者用心，本典則於「編輯凡例」詳載編輯目標、原則、體例、採用資料，另說明檢索方式、重要用語、常用符號等，由此即可概窺本典全貌；此外，還另備有編輯總報告書，陳述於成果中無法得見之編輯流程等，則對後世編輯之技術層面則具有實質助益。在這些說明文件中，本典提出了清楚的編輯目標：

甲、作爲語文教育及研究的參考。

乙、提供國際漢字標準化、統一化工作的參考。

丙、作爲修訂原《異體字表》的依據。

丁、作爲日後擴編中文電腦內碼的基礎。〔註137〕

依據這幾項目標，本典由文字發展史之角度，選錄說文、古文字、簡牘、

〔註136〕教育部《異體字字典‧教育部《異體字字典》新版系統試用說明》（臺灣學術網路十一版，臺北：教育部，2004 年）。（瀏覽日期：2016 年 9 月 12 日）

〔註137〕教育部《異體字字典‧編輯說明‧編輯凡例‧編輯目標》（臺灣學術網路十一版，臺北：教育部，2004 年）。（瀏覽日期：2016 年 9 月 9 日）

隸書、碑刻、書帖、字書、韻書、字樣書、俗字譜、佛經文字、現代字書十二大類文獻作爲基礎資料進行編輯，編輯成果主要彙編入正文，下列即將依正字、異體字、附錄字、形體資料表四項概述正文體例〔註138〕。

1、正 字

本典正字收錄可大別爲教育部標準字體、新增正字兩大類，以前者占大多數，分說如下：

（1）依 據

A、教育部標準字體

  a、主要來源資料：教育部《常用國字標準字體表》（臺北：正中書局，1982 年）、《次常用國字標準字體表》（臺北：教育部，1982 年）、《罕用字體表》（臺北：教育部，1982 年）。字號依據教育部原字表，其中英文字母「A」表常用字，「B」表次常用字，「C」表罕用字。

  b、次要參考資料：教育部標準字體資料若有疏誤疑慮，另可參考《國字標準字體楷書母稿》（臺北：教育部，2000 年）、《國字標準字體宋體母稿》（臺北：教育部，1998 年）、《國字標準字體宋書母稿增補編》（臺北：教育部，1999 年）、《國家中文標準交換碼》（臺北：經濟部中央標準局，1992 年）。字號中以英文字母「N」表，依新增之先後排序。

B、形體資料表中之文獻（新增正字）

  所謂「新增」，係指於教育部標準字體表以外依據文獻另行增列者，有以下情形：

  a、於文獻中可見無法對應至任一正字之音義者。

  b、爲化學元素用字者。

  c、爲聯綿詞用字，且與其他同義異形詞用字無字形孳乳或演變關係者。

〔註138〕本典凡例行文中大量採用網頁超連結技術連結細項體例、附表等，主體說明行文則較爲簡要。筆者爲使陳述儘量完整，故未直接微引主體行文，而係於詳讀主體及細項體例、附表後，再行歸納爲本文說明。

　　　　d、爲二一四部首字之正形者（亦即不含部首偏旁變體）。

（2）部首、筆畫數（部首外及總筆畫數）

參考教育部公布之三個標準字體表及 CNS11643 碼本。

（3）字　音

　　A、主要依據教育部《重編國語辭典修訂本》（1998 年 4 月版）與 CNS11643 碼本中經教育部審訂之字音，另可參基礎文獻取音。

　　B、取音以文獻較常見者爲據，過於罕用或今音已可涵括者，暫不收錄。

　　C、一字若有多音，以（一）、（二）……依序標示。

（4）字　義

　　A、體例沿用教育部《重編國語辭典修訂本》所訂體例。

　　B、內容：常用字及次常用字部分，原則上根據《重編國語辭典修訂本》，並加以適當增補；罕用字另行撰寫。

　　C、待考正字：教育部字表已收但無文獻資料可參考之正字，暫列入附錄待考正字表。

　　D、兼異體正字：基本用語爲「○之異體」；若文獻所見之對應字形非爲標準字體，用語爲「作○形時，爲○之異體」；若文獻中呈現之正、異關係未明確，用語爲「疑爲○之異體」，或「作○形時，疑爲○之異體」。

2、異體字

（1）定　義

文獻上同音義而異形之字。

（2）依　據

　　A、教育部於 1984 年出版之《異體字表》。

　　B、文獻上明具異體線索者。

　　C、編輯委員依學理推斷者。

（3）收錄原則

　　A、總則

以文獻上已隸定或楷定之形為主，其餘形體資料原則上作為編輯參考，不予收錄。

B、分則

　　a、一般用字：凡文獻已注明正異關係者，原則上皆收錄之。唯對於《集韻》一書特為慎重，須另參酌《類篇》收錄情形。

　　b、通假字：本與異體字有所區別，然若文獻上已明示正異關係者可收。

　　c、聯綿詞用字：聯綿詞屬描繪語音之詞，多形即其特色，故其多形用字均宜作正字而不視為異體字，惟異形間具明確孳乳或形變關係者、教育部字表或文獻上視為正異關係者可作異體處理。

　　d、部首變體（如「水」作「氵」，「攴」作「攵」）：於文獻中見有獨立運用者，得依其音義收錄為所對應正字之異體；若無可對應正字，則獨立為新正字，另收為該部首正形之異體。

　　e、避諱字：針對「缺筆諱字」加以收錄。

　　f、簡體字：收錄教育部於 1935 年頒布之 324 個簡體字為異體.

　　g、簡化字：收錄大陸公布之第一批簡化字字形。

　　h、音某字：文獻注文僅言「音某」之字，原則上收為附錄字，惟若考察其字形，可依學理脈絡推斷為某字異體字者，可收。

　　i、字書訛形：民國以前之傳統字書所收錄之異體字，經考證後知其為訛形，然已成俗，仍予收錄。

　　j、日、韓漢字：特用於日、韓者，不予收錄；非特用者可收，惟不另行附注日、韓用音。

（4）字號

基本形式為「所對應正字字號-採錄流水序號」，如：A00015-002。

（5）部首、筆畫數（部首外及總筆畫數）

A、基本原則

承教育部《異體字表》，若該表有誤，則依次參考 CNS11643 碼本、《中文大辭典》及本典自行訂定之補充原則修正。

B、部首編輯補充原則

　　a、採《康熙字典》二一四部首系統，不另創新部首，其併部情形亦比照之。

　　b、依「內文歸部學理化，索引檢索便利化」之原則，必要時兼列「主要部首」與「參見部首」。（按：目前版本僅常用字兼列「參見部首」）

　　c、二一四部首字之異形可逕視同為該部首。本典將此類異形（原部首形稱「正形」）統整為〈二一四部首各種形體歸併表〉，惟兼為正字（含部首字）或未能見其源由之變形不納入。

　　d、非教育部《異體字表》收錄異體之歸部原則依序為：

　　　　I、 教育部《異體字表》如有類似結構字，且同類諸字歸部有規律可循者，參照本表歸部。

　　　　II、 字構中具有正字部首者，參照正字歸部。

　　　　III、字構中如有明顯部首，依該部首歸部。

　　　　IV、依筆畫順序尋找可視為部首者歸部。

　　　　V、 依上列原則所取部首於字構中未見完整形，或字構有其他部首形，致使讀者難以判斷該字「主要部首」時，另據字構中較明顯部首形取「參見部首」。（按：「參見部首」僅用於檢索，不列為收字部首屬性。）

C. 筆畫數編輯原則

總筆畫數依字形實際筆畫數計算，部首外筆畫數則有以下情形：

a、部首為正形者，以總筆畫數扣除部首原筆畫數。

b、部首非為正形者，以總筆畫數扣除部首變形之筆畫數。

c、若原《異體字表》與三正字表中，有相同形體，但筆畫數參差且各有其規律者，仍各自分立計算。

　　筆者按：以上說明 b.引自本典「部首筆畫屬性判定原則」，所舉字例為「毋與母」、「姊與杮」、「雋與鐫」，惟此三組字未見所謂「筆畫數參差」情形，故未明所指。〔註139〕

〔註139〕教育部《異體字字典‧編輯說明‧編輯凡例‧編輯體例‧異體字編輯體例‧部首

（6）音讀

　　異體字隨正字取音，故不另行標明音讀。

（7）關鍵文獻引錄

　　每一異體皆注明所據之關鍵文獻一至三本；無文獻書證可引據，惟
　　有委員依學理研訂爲異體者，則摘錄其研訂說明爲據；非上述情形，
　　但在日常生活中多見者，則標示「社會習用字」。

（8）研訂說明

　　異體字構含字例者，或爲形符變易、聲符變易、別造會意字、部件易
　　位、雙音詞類化而生字形者，原則上均附字形研訂說明。

3、附錄字

（1）定義

　　異體與正字關係疑而待考者。

（2）依據

　　逕依文獻字形收錄。

（3）字號、部首、筆畫數（部首外及總筆畫數）、音讀

　　處理方式均同異體字（詳「異體字」4~6點說明）。

（4）文獻引錄

　　先列文獻所見字形，再引錄文獻出處及全文，然後依不同情形加注說
　　明：

　　A、未能確定爲某字之異體，曰：「待考。」

　　B、現代文獻引錄之字形，經還原原始資料而未見，曰：「還原未見，
　　　　待考。」

　　C、文獻引錄今人校錄之版本字形，曰：「其字形經改易，待考。」

4、形體資料表

（1）蒐錄文獻

各正字均附有「形體資料表」，陳列編輯所參之相關文獻影像，包含基本

筆畫屬性判定原則》（臺灣學術網路十一版，臺北：教育部，2004 年）。（瀏覽日
期：2017 年 9 月 10 日）

文獻六十餘種，以及編輯時依情況另行列之「補充資料」若干。各筆資料下並依本典訂定之固定體例標注出處。據編輯說明，基礎文獻有 63 部（原為 b2 部，編輯過程中增加 1 部），彙整如下表：

〔圖表〕15：教育部《異體字字典》基本文獻

引書序	書　名	作（編）者	成書年代（西元年）
1	說文解字（大徐本）	漢・許慎著／宋・徐鉉注	100／986
2	說文解字（段注本）	漢・許慎著／清・段玉裁注	100／1815
3	校正甲骨文編（甲骨文編）	孫海波原編／大陸社科院重編（由藝文印書館更名印行）	1934／1964
4	甲骨文字集釋	李孝定	1965
5	金文編	容庚著／張振林、馬國權摹補	1938／1984
6	古文字類編	高明	1980
7	漢語古文字字形表	徐中舒	（不詳）
8	漢簡文字類篇	王夢鷗	1974
9	古璽文編	羅福頤	1981
10	漢隸字源	宋・婁機	1197
11	隸辨	清・顧藹吉	1718
12	金石文字辨異	清・邢澍	1809
13	偏類碑別字	清・羅振鋆初編／羅振玉增補／〔日本〕北山邦博重編	1823／1868／1975
14	碑別字新編	秦公	1984
15	玉篇零卷	南朝梁・顧野王	543
16	六朝別字記新編	清・趙撝叔原編／馬向欣新編	1887／1990
17	敦煌俗字譜	潘重規	1978
18	干祿字書	唐・顏元孫	774
19	五經文字	唐・張參	776
20	新加九經字樣	唐・唐玄度	837
21	龍龕手鏡（高麗本）	遼・行均	997
22	龍龕手鑑	遼・行均	997
23	佩觹	宋・郭忠恕	（不詳）
24	玉篇	南朝梁・顧野王原編／宋・陳彭年新編	543／1013
25	廣韻	宋・陳彭年等	1007
26	集韻	宋・丁度等	1037

27	古文四聲韻	宋・夏竦	1044
28	類篇	宋・司馬光等	1066
29	精嚴新集大藏音	宋・處觀	1093
30	四聲篇海（明刊本）	金・韓道昭、韓孝彥	1208
31	字鑑	元・李文仲	1321（約）
32	六書正鵹	元・周伯琦	1355
33	宋元以來俗字譜	劉復	1930
34	俗書刊誤	明・焦竑	1610
35	字學三正	明・郭一經	1601
36	字彙	明・梅膺祚	1615
37	正字通	明・張自烈	（不詳）
38	字彙補	清・吳任臣	1666
39	康熙字典（校正本）	清・張玉書等	1716
40	康熙字典（新修本）	清・張玉書等	1716
41	經典文字辨證書	清・畢沅	（不詳，約爲乾隆年間）
42	增廣字學舉隅	清・鐵珊	1874
43	古今正俗字詁	鄭詩	1931
44	字辨	顧雄藻	1933
45	彙音寶鑑	沈富進	1954
46	異體字手冊	林瑞生	1987
47	簡化字總表	中國文字改革委員會	1986
48	角川漢和辭典	〔日本〕鈴木修次等	1989
49	韓國基礎漢字表	韓國文教部	1972
50	中日朝漢字對照表	傅永和	1990
51	中文大辭典	林尹等編	1973
52	漢語大字典	漢語大字典編委會（湖北、四川辭書出版社印行）	1990
53	中國書法大字典	〔日本〕藤原楚水	1981
54	草書大字典	藝文印書館印行	1974
55	學生簡體字字典	〔新加坡〕上海書局印行	1972
56	簡體字表	中華民國教育部	1935
57	佛教難字字典	李琳華	1988
58	中華字海	冷玉龍，韋一心主編	1994
59	國字標準字體宋體母稿	中華民國教育部	1994

60	歷代書法字彙	大通書局編輯部	1981
61	集韻考正	清・方成珪	1847
62	重訂直音篇	明・章黼著／明・吳道長重訂	1460／1606
63	異體字表	中華民國教育部	1984

按：關於本表之作（編）者年代，1911 年以前之中國作者標示朝代，1911 年以後之臺灣與大陸作者不作分別標示，其餘作者則標示國別。

（2）文獻呈現

形體資料表置於各正字頁面之右側，文獻大致依引書序由上往下順次排列，惟因部分文獻涉及著作權考量，未全然提供，但提供申請管道，讀者可因應個人需要提出少量資料之申請。

（三）教育部《異體字字典》編輯特色與發展空間評析

本典以官方頒訂標準字體爲正字綱領，條分縷析累積千年之文獻字形，將諸多紛雜字形依其音義、用法，逐一分列於所對應正字之下，跨越時空地聯繫了古今用字，此成就便已堪稱爲非凡，其蘊藏之學理內涵、分析邏輯等，勢必有深入探究之價值。本文就此典作深入分析，期由其編輯成果吸取養分，此擬由佛經異體字字典編輯之需要切入，細細紬繹，使本典可資吸取之特點更爲清晰。

1、本典編輯特色評析

從編輯的眼光來看，本典以漢字資料庫之概念進行編輯，其後端之資料管理技術、前端之資料編排概念，亦有可觀之處。總編輯曾榮汾先生認爲該典有以下特色：

1、收字最爲宏富。

2、字字交代出處。

3、附錄原始文獻。

4、提供異體字例。

5、並列日韓用字。

6、結合方俗用字。

7、使用電腦編輯。〔註140〕

〔註140〕曾榮汾〈教育部《異體字字典》之析介〉，第十四屆中國文字學全國學術研討會，

上述之前三點，乃正文特色，七大點則大抵已描摩出全典輪廓。筆者則以爲對於佛經異體字字典之編輯而言，有以下特點尤具參考價值：

（1）字際關係處理原則明確

本典收字有正字、異體字、附錄字三大類，附錄字屬存疑待考字，字際關係處理之重點在於正字與異體字之間。在正字部分，本典爲教育部所出版，亦以教育部標準字體作爲主要正字來源；異體字則係由文獻中蒐錄，在大量字形資料中，究竟何種情況符合建立正、異關係之條件？這是極爲複雜的問題。本典凡例中，首先以「文獻上同音義而異形之字」一語概括異體字與正字產生聯繫的首要條件，然後以「隸定或楷定之形」界定書體範圍，「文獻已注明正異關係者」則爲異體字收錄之通則（關係未明者則收爲「附錄字」），再進而針對文獻中較爲複雜的語言及用字現象逐一訂定異體條件，故諸如通假字、聯綿詞、部首變體、避諱字、簡體字、簡化字、文獻音某字、字書訛形、日韓漢字等，均見特訂之細則。再者，本典雖以文獻爲主要依據，亦考量到文獻內容品質參差，對於字際關係交代間有模糊之處，故又於凡例中明訂，「委員依學理推斷者」亦得爲建立正、異關係之依據。

暫不論上述原則於編輯執行之貫徹程度，僅就凡例觀之，筆者以爲，本典編輯團隊對於正、異體之字際關係必經深入探討，方得由廣至狹，層層剖析，訂出清晰、明確之異體收錄準則，此外，於此體例說明中，筆者以爲並透露了下列較爲重要的見解：

A、部分通假字可視爲異體字

異體字定義之諸多論述中，大多傾向於區別通假字與異體字，本文第二章中，對此問題也作了專論，簡要來說，筆者以爲通假運用是一個字位生成異形之因素其一，然由於「異體字」之「異體」關係應聚焦於字形上之關聯，即便有二字皆可用於表達語言中的同一個詞，但二字彼此並無字形變異、孳乳關係，非處於字形演變脈絡中同一軌道者，則不宜納入異體字之範圍，是以將同音通假字排除於異體字範圍之外。本典「通假字收錄原則」云：

> 通假字本與異體字有所區別，然若文獻上已明示正異關係者，則本字典仍據以收錄。

高雄：中山大學，2003 年。

例如：「后」爲「後」之異體。

查考文獻，清・朱駿聲《說文通訓定聲》：「后，叚借爲後。」本典依據《宋元以來俗字譜》、大陸《簡化字總表》（關鍵文獻）收錄「后」爲「後」之異體。筆者以爲，本典或因考量部分通假字經長久運用後，可能與本字形成穩定之互替關係，字書「明示正異關係者」，當即爲此穩定關係之反映，而此關係已類同於異體字與正字，故可納入異體字收錄範圍。惟本典雖設有「研訂說明」體例，可就異體與正字間之關係提出學理說明，「后」字下卻無研訂，故未能見其由通假至異體關係之具體學理推斷，較爲可惜。

B、貼合語言中之字用考量字際關係

本典異體字字形收錄細則計有十項，其中九項明確以「字」爲處理對象，惟第三項「聯綿詞異形收錄原則」涉及「詞」，其原則說明如下：

聯綿詞本是描繪語音之詞，多形即其特色。若此多形資料本不宜盡視爲正異體字，但爲兼顧文獻載錄實況及學理，本字典對此類資料處理原則如下：

a、聯綿詞之用字原則上皆收爲正字，並附〈聯綿詞異形表〉以資參考。

b、異形間具明確孳乳或字形變易關係者，則以正異體處理之。

例如：「滂沱」與「霧霶」，「霧」、「霶」分別可收爲「滂」、「沱」之異體。

c、原教育部字表或文獻上已收爲正異關係者，則依循之。因此，除將該異體獨立升爲正字，並兼作異體。

前者如：「蛣蚑」與「瘑蚑」，「瘑」可兼收爲「蛣」之異體。

後者如：「碌磚」與「碌磧」，「磧」可兼收爲「磚」之異體。

聯綿詞是漢語中較爲特殊的類型，它雖然是雙音節，含有二個漢字，惟須聯綿二字方能表義，才能在語言中獨立運用，作用等同於一般以單字表義的單音節詞，故或見稱爲「聯綿字」。是以，若以本典異體字基本定義「文獻上同音義而異形之字」加以檢驗，「聯綿詞」如凡例所云：「本是描繪語音之詞」，用字主取其音，幾無「義」可論，缺乏異體研判之立基點，惟本典以「兼顧文獻載錄實況及學理」之由，除將聯綿詞用字均設定爲正字，另又將「教育

部字表或文獻上已收爲正異關係者」、「具明確孳乳或字形變易關係者」以正、異體字關係加以聯繫。其異體之認定，諸家或有不同見解，惟此體例表本典於考量字際關係時，是貼合著整體語言環境中之字用，顯示了更爲宏觀的文字處理態度。

（2）文獻資料充足且編排具學術性

每部字書的編輯，必然都經過大量文獻的分析，惟大多字書都只呈現分析結果，未附參用文獻。推想其因，一則傳統編輯概以紙本模式發行，似乎不太可能爲容納文獻資料而大量增加篇幅，使成本大幅提高，況且文獻亦非多數讀者之需求；再則，公開編輯所參據資料，提供讀者檢驗編輯成果之依據，對於編者，必然多少形成壓力。本典發行網路版本，無容量上限，自無前述之篇幅考量，於成果便附上編輯時所參考文獻。凡例中云：「本字典依正字爲綱領編排全書，逐字附上形體資料表以供參考。」此「形體資料表」隨附於每個正字，置於各正字內文頁面之右側，表中羅列六十餘種基礎文獻及補充文獻之相關資料影像，各筆資料均詳注出處，如卷數、部首、聲韻、頁數等。表中文獻依文字發展史之概念順序編排，讀者可逐一瀏覽，自行查考字形演變歷程，其中部分文獻雖因受限於著作權而僅列書名，但讀者如有特別需求，仍可向編修單位提出申請。此外，本典所收錄之異體字形下，均標明字形所出之關鍵文獻名稱及資料出處，讀者可點選連結至該資料影像，進一步驗證字典取錄之字形及查閱釋義等其他內容。

「形體資料表」實爲本典極爲特出之體例，整體而言，筆者以爲有以下成就：

A、提供文獻作爲憑據，使字典內容更具可信度：字書之舉證，大抵有音、義兩個面向。字音方面，如《康熙字典》列舉《唐韻》、《廣韻》、《集韻》、《韻會》等書之翻切；字義方面，各典則多以經史子集之文句或注疏作爲義用之證。惟無論如何，間接引證一則節取有限，一則有誤引之可能性。本典有篇幅無上限之優勢，將參考文獻全數掃描成影像並公開，讀者若對字典收字字形或解說音義有所疑慮，均可利用這些文獻資料自行驗證。

B、依文字發展史編排文獻資料，有助於建構字形演進歷程：本典由文字發展史之角度，選錄《說文》、古文字、簡牘、隸書、碑刻、書帖、字書、韻書、字樣書、俗字譜、佛經文字、現代字書十二類基礎文獻，形體資料表中

之文獻編排即依此十二類及文獻時代順序排列，從首部瀏覽至末部，便大致能看出一個字隨著時間產生的形音義變化。

C、公開經過整理的大量文獻資料，有助於學術發展：本典以正字爲綱領蒐羅文獻資料，正式五版所收正字爲 29,892 字，代表整理了近三萬份的字形文獻資料表，此浩大工程絕非一般研究者可獨力進行。本典不僅加以完成，並公開提供查閱，對漢字研究者而言爲極珍貴之基礎資料。

D、資料出處詳注出處，便於還原原始文獻：誠如上述，本典形體資料表中之文獻整理是極爲浩大之工程，首先必須從六十餘種文獻中查出字形資料，接著必須進行掃描等資訊處理，然後再編排爲字典成果，粗估資料筆數應至少有一百五十萬筆，卻仍於每筆資料標注出處，甚詳及頁數。讀者如未能滿足於單筆資料，可依其所注出處，直接檢閱較大範圍的文獻內容，無需逐一翻查個別文獻之索引，大爲提升了文獻還原之效率。

（3）研訂說明表達學理內涵

字書一般只陳列形音義考訂結果，不交代考訂過程，本典設有「研訂說明」，對於個別異體字與正字之關係加以說明，也就是交代了收錄該異體字之理據。惟此說明並非全面性的，據凡例，係就「異體字構若有需要進一步說明者」提供說明，至於「需要進一步說明」的字構，其「異體字研訂說明處理原則」中列舉二類：

A、字形符合「異體字例」者

例如：「儉」爲「儉」之異體。按從「僉」之字，文獻上異體常變作「㑒」，如「劍」作「劎」、「臉」作「瞼」等。〔註 141〕

B、另構字（包括形符變易、聲符變易、別造會意字等）

1、形符變易

例如：「綠」爲「祿」之異體。按此字《說文》小篆本從糸部，

〔註 141〕本典另編輯有〈異體字例表〉，置於字典附錄。其編製原則之前二項云：「一、異體字例，指異體演變中，相同偏旁所具有之一致情形，而可歸納成例者。二、本表之字例選取，是以普見於不同文獻，且出現頻率高之形體爲對象。」（教育部《異體字字典》，臺灣學術網路十一版，臺北：教育部，2004 年）。（瀏覽日期：2016 年 9 月 17 日）

後世俗體寫爲從衣之「袾」，故此乃同義類之形符變易之異體。

2、聲符變易

例如：「紤」爲「織」之異體。按「織」從「戠」聲，「紤」從「志」聲，古音同屬之部，故可互通，而聲符變易。

3、別造會意字

例如：「夻」爲「大」之異體。按此字見《四聲篇海・不部》云：「音大。」此形乃從不從小會意，當爲「大」之後起俗字。

4、部件易位

例如：「秌」爲「秋」之異體。按《説文》「秌」字，「禾」原本在右邊，今則習慣寫於左邊。漢字形體之組成，部件往往有更換位置而相通的現象，故「秋」有異體「秌」。

5、雙音詞類化而生之字形

例如：「俱」爲「具」之異體。按今俗「家具」字多沾染人旁作「傢俱」，考其沾染之由，蓋由「火伴」之「火」沾染人旁作「伙」，「家伙」之「家」亦沾染人旁作「傢」，「傢具」之「具」復沾染人旁作「俱」，故「具」有異體「俱」。

王寧先生從異體字組之形體差異角度切入分析，將異體字區別爲異構字、異寫字兩個大類。異構字爲構件選用、構件數量、構件形式等至少有一項存在差別的一組字，如：趁（赺）、猪（豬）、唇（脣）、床（牀）、蛇（虵）；異寫字則爲書寫筆畫不同而造成形體差異的一組字，例如：删（刪）、冉（冄）、厮（廝）。簡單來說，異構字是造字之別，異寫字爲書寫之別。由教育部《異體字字典》上列研訂原則觀之，該典對異體字之研訂偏重於「另構字」，當係其屬異構字範圍，字構多符合六書原則，自有較豐富之字理可說；至於「字形符合『異體字例』者」，屬於異寫字範圍，書寫筆畫之變異或爲個人習慣，或爲偶然現象，多無足資論述之處，對於漢字演變史也不致造成太多影響，惟其中相同偏旁若見一致變化，可歸納成例之情形，則當有可探究者，宜另

當別論。本典「研訂說明」不但爲字形收錄之依據說明，總合諸字論述，則大致可窺得漢字字形演變脈絡，亦爲珍貴之學術資料。

（4）字形整理之附屬成果豐碩

漢字字構，學界向來多依六書之說，惟觀漢字演變歷史，字形演變情況紛雜，未必全然「合理」，多數時候，或爲書寫者隨意增減點畫、改長（短）畫爲短（長）畫、改觸筆爲交筆，或爲刻工轉圓筆爲直筆、改連筆爲分筆，此等種種，皆造成字形之變異，廣義來說，均可視爲異體字，然而，這些演變形體，在整體漢字史中或爲常例，或爲特例，字書若全數收納，未免過繁、過雜，本典爲鉅細靡遺地廣納形體但避免繁雜之失，故將部分偏旁變異狀況化零爲整地歸納爲「異體字例表」、「偏旁變形歸併表」、「二一四部首各種形體歸納表」等附表，筆者以爲，就用字實況之解析需要而言，這些歸納成果之用途較正文收字更爲廣泛，運用時，可利用所整理之各種偏旁變形類推以研判文獻用字，學術價值實不亞於正文，茲摘要各表編製說明及節取部分內容如下：

A、異體字例表

〔編製說明〕

一、異體字例，指異體演變中，相同偏旁所具有之一致情形，而可歸納成例者。

二、本表之字例選取，是以普見於不同文獻，且出現頻率高之形體爲對象。

三、異體字例包括以下三種情形：

　（一）凡一形體之演變，有演變線索可循者。如：坙→圣；岡→罡。

　（二）凡一形體之演變，已混爲另一形體，且已俗者。如：刀→力；土→士。

　（三）凡一形體之演變，由篆文隸定而得，同偏旁有一致變化者。如「胃」，篆文作「𦙽」，隸定作「𧈪」，胃→𧈪；曹，篆文作「𣍘」，隸定作「𣍘」，曹→𣍘。

〔內容節錄〕

〔圖表〕16：教育部《異體字字典》「異體字例表」擷取頁面

四　畫

序號	原字形	演變字形	例　字						
			一	二	三	四	五	六	七
41	斗	斤	斗	魁	科				
42	辶	㇄	逕	迷					
43	方	才	旅	於					
44	心	止	恥						
45	火	大	燹	灼	灶	災	炎	耿	焚
46	王	玉	瑣	珍					
47	开	幵	妍	刑	邢	形	研	開	
		井	刑	形	開	刑			
48	夬	夬	快	抉	決	缺	袂	訣	
		夬	快	抉	決	缺	袂	訣	

B、偏旁變形歸併表

〔編製說明〕

一、本表所編錄之形體分為兩部分，一指作為部首之偏旁，一指非作為部首之偏旁。

二、某字字形，凡因筆勢的改變，如：宀→宀；構字部件的移位，如：虫→虫；或筆畫數的改變，如：厶→厶，致與正字稍異，皆可視為異體，然揆諸文獻，因筆勢、版刻習慣，或訂定正字標準不同等因素，使部首偏旁間或有小異，為免收錄之繁，凡部首之形變，未影響其結構與認知者，皆統一收錄於此表，字典內文則不再予以詳細陳列。

三、依編製原則第二項，本表將數種不影響字之結構與認知的情況加以歸併：點之變化或易位、筆畫勾與不勾、筆勢導致之連筆、版刻導致之分筆、筆畫彎與不彎、左偏旁之斜筆、筆畫長短變化、撇筆橫筆混用、筆畫內八與外八改變、捺筆頓筆變化。

四、本字典以標準字體爲收錄及研訂對象,若文獻中無合乎標準字形之部首偏旁,則異體收錄標準依序如下:

　　（一）文獻多見者。

　　（二）較接近標準字體者。

　　（三）文獻出現最早者。

五、本表所據文獻爲本字典之基礎文獻,然不包含現代字書。

〔內容節錄〕

〔圖表〕17：教育部《異體字字典》「偏旁變形歸併表」之非部首部分擷取頁面

六　畫

序號	標準字體	變形資料							
		一	二	三	四	五	六	七	八
46	交	交							
47	并	*幷	并						
48	关	关							
49	兆	兆							
50	戎	戎	戎	戎					
51	共	*共							
52	多	多							
53	危	*危							
54	舌	*舌							

C、二一四部首各種形體歸納表

〔編製說明〕

本表爲說明本字典收錄二一四部首各種形體情形而編。本字典所收異體皆依部首正形歸部,凡文獻所載同一部首之其他形體,皆統整於此表,以便對照檢索。

〔內容節錄〕

〔圖表〕18：教育部《異體字字典》「二一四部首各種形體歸納表」擷取頁面

筆畫	部首序號	部首正形	部首變體				
			一	二	三	四	五
四	061	心	忄	忄	忄	忄	心
			心	小	小		
	062	戈	戈	戈	戈	戈	戈
	063	戶	户	戸	戶	户	
	064	手	扌	扌	扌	扌	才
			扌	手	扝	秃	手
			手	无	由		

（5）疑則從闕，示範正向之學術態度

在面對大量文字資料時，對於單一文字之定音定義、不同字形間之聯繫，無不需要文獻或確實存在之語言實況作爲依據與支撐，惟文獻浩瀚，而一部字書所能參考之文獻極爲有限，勢無法窮盡所有的文字使用實況。許愼編纂《說文解字》時，對於未有確證、未能釐清之問題，其處理方式爲：「於其所不知，蓋闕如也。」〔註142〕本典似承續了許氏疑則從闕之態度，對於文獻證據未足之資料，或由編輯委員發揮學養，根據學理加以推斷，若仍有困難，屬正字而無文獻資料可考者，列入附錄之「待考正字表」；非屬正字者，則依有限線索，暫置於疑可對應正字之下作爲附錄字，字形下除注明來源文獻外，另依個案以下列不同用語備注待考狀況：

a、未能確定爲某字之異體，曰：「待考。」

b、現代文獻引錄之字形，經還原原始資料而未見，曰：「還原未見，待考。」

c、文獻引錄今人校錄之版本字形，曰：「其字形經改易，待考。」

〔註142〕東漢・許愼〈說文序〉（漢・許愼著／清・段玉裁注《說文解字》，臺北：洪葉文化事業有限公司，1998年）。

以上所提之待考字，在字典凡例中分別列舉了數例，可由此實例中一窺待考情形：

A、A00849-036　疘

「疘」，形見《四聲篇海・一部》：「疘，音天。」待考。

B、A00849-027-3　丙

「丙」，形見《中華字海・一部》：「丙，同『天』。唐武則天所造字。唐〈封祀禪碑〉：『丙浮紫氣，知赤帝之將興。』」還原未見，待考。

C、A03272-021　耴

「耴」，形見《中華字海・耳部》：「耴，同『聞』。《敦煌變文集・金剛般若波羅蜜經講經文》：『一切眾生耴說諸心，乃爲實心。』」其字形經改易，待考。

筆者以爲，由此體例設計及相關字例，得以體認本典資料處理之謹慎。以例字 1 來看，《四聲篇海》所言「音某」實多等同「同某」，惟僅見此孤證時，本典仍採取了較爲保留的態度，將其列爲存疑之待考字；再如例字 2、3，《中華字海》所錄字形係徵引其他文獻，屬二手資料，依本典「還原未見」、「字形經改易」之備注，顯見已依《中華字海》提供線索還原文獻，但未見所列字形，若逕錄還原後文獻之字形亦爲合理，惟本典或因慮及文獻版本差異等狀況，仍存錄《中華字海》所收字形。

「字典」是具有權威性的，讀者使用字典，多期待能從中得到絕對的、正確的答案，故一般而言，字典中較爲罕見此類「存疑」的內容，對於待考資料實可逕予放棄，本典予以保留，使其不僅止爲一部工具書，並爲一部層次分明的漢字字形資料庫。

（6）收字歸部兼顧學理及檢索便利

本文前章論對於字書部首已見探討，整體而言，部首處理不外乎聚合同義類字、檢字方便兩項目的，歷代字書由東漢《說文解字》至明代《字彙》，所偏重者逐漸由聚合同義類字移至檢索方便。本典部首，概依《康熙字典》後已爲主流之二一四部首系統，異體字之歸部亦主要參照該典，惟該典以爲不可取之「兩部疊見」體例〔註143〕，於本典則又見恢復，其「部首編輯原則」

〔註143〕《康熙字典・卸製康熙字典序》（同文本，臺北：中華書局，1990 年）：「《正字

云：

1、部首之編輯從《康熙字典》二一四部首系統，不另創新部首，
其併部情形亦比照之。

2、依「內文歸部學理化，索引檢索便利化」之原則，必要時兼列
「主要部首」與「參見部首」。目前版本之「參見部首」僅提供
常用字部分。

3、二一四部首字之異體，原則均視同該部首，統整於〈二一四部
首各種形體歸併表〉內。但有兼爲正字、其他部首字或異形變
化已未能見其源由者，則不列入。

4、非原《異體字表》收錄異體之歸部原則依序爲：

a、原字表有類似結構者，依原字表歸部。

b、原字表有類似結構，但本身已見參差且無法循其規律者，
則依新增原則歸部。

c、若無類似結構者，循所從正字部首歸部。

d、不適從正字歸部者，則依字構中明顯部首歸部。

e、無明顯部首者，則依筆順序尋找可視爲部首者歸部。

f、結構中多見或未見完整部首形，致使讀者難辨「主要部首」
時，則另據字構中明顯部首形，提供「參見部首」查詢。

上列原則之第二點，指出了本典之歸部概念，而「內文歸部學理化，索引檢
索便利化」一語則至爲關鍵。觀其成果，所謂「內文歸部」當指一字之正式
取部，亦即所謂「主要部首」；「索引檢索」之取部則僅作檢索用，爲其所謂
之「參見部首」。索引中若見字形左上方標綠色「＊」，表示該部首爲其參見
部首，而非主要部首，例字如下：

通》承《字彙》之訛，有兩部疊見者，如堊字則兩、土兼存；羆字則网、火互
見，他若虎部已收虗、虓，而斤、日二部重載；舌部並列䛡、憩，而甘、心二部
已收。」

〔圖表〕19：教育部《異體字字典》「一」部中部首外筆畫數十一畫之
　　　　　收字

以上「一」部、部首外筆畫數十一中，計有十九個字標示「＊」，即「一」部均
非其主要部首，而有關此諸字於本典依學理所取主要部首，第一列之字為止部，
第二列之五個字分別為口、雨、人、甘、几部，第三列之五字分別為鳥、玉、
土、隹、水部，第四列之三字分別為十、厂、田部，第五列之五字分別為十、
十、虍、雨、韭部。以這些例字來看，本典於「主要部首」兼列「參見部首」
之原因，筆者以為可歸納為兩種情況：

　　A. 字構中之主要部首為變形或不明顯，較難辨識，如：疊（田部）、
　　　　靈（雨部）、鳳（几部）、電（雨部）、韮（韭部）、基（甘部）、
　　　　壺壼臺（十部）。

　　B. 字構中另有其他可歸部之部首形，如：屡（厂部）、鼃（止部）、
　　　　瓼（玉部）、墊（土部）、圖（口部）、兩（人部）、鳥（鳥部）、
　　　　雅（隹部）、虛（虍部）、淮（水部）。

以上諸字之歸部，大致另可推得另一項原則——一字僅取一個參見部首，如
「鼃」未歸入「田」、「几」部，「淮」未歸入「隹」部。「部首編輯原則」除
正字具書寫規範性質，字形已標準化，加以較常使用，部首辨識難度較低；
異體字字形可謂五花八門，構件又多含變異形體，部首拆解相對困難。是以，
一部以異體字為主題的字書，對於字形查詢規畫勢須煞費心思，儘量提昇檢
索之便利程度。本典規劃「參見部首」，當係考量到讀者在尚未了解字音字義

之前，僅能純就字形判斷部首，又就以上例字來看，係採取較爲寬鬆的態度增列檢字專用的「參見部首」。筆者以爲，其「內文歸部學理化，索引檢索便利化」之觀點，爲傳統字書聚合義類、檢索方便兩種歸部方向找到了平衡點。「主要部首」由六書角度切入，析解字構，原則上取能反映一字音義之形構爲部首；「參見部首」則完全立足於讀者之立場，純就字形析解，訴諸直覺地以字構中較爲明顯形構爲部首。如此層次區別，確實同時兼顧了文字形理的呈現以及讀者檢字方便。

（7）檢字動線清晰流暢，內容編排便於瀏覽

由本典主畫面點選「字形檢索」後，所進入畫面清楚陳列「部首索引」、「筆畫索引」兩個檢字選項，兩者途徑如下：

〔圖表〕20：教育部《異體字字典》收字檢索途徑

兩種索引的條件其實是相同的，不外乎便是部首及筆畫，惟於次序稍作調動後，由「筆畫索引」檢索可減省一個動作。而無論選擇何者，簡明的畫面皆使讀者無須學習，便可知悉所應執行的下一步驟。字典內文則以正字爲綱領，統攝其下各項資料。進入內文後，所見畫面爲（以「異」字爲例）：

〔圖表〕21：教育部《異體字字典》「異」字內容頁面

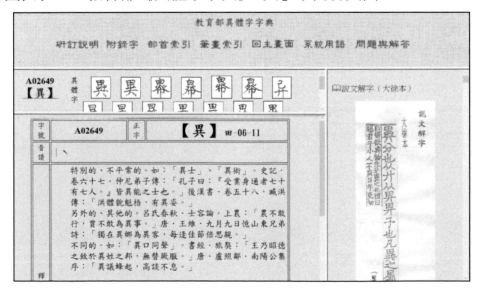

整體畫面有四個分格，最上方爲各式連結選擇鍵，其下的三個分格始爲字典內文，左上爲正字字號及字形、與異體字形，左下爲正字字號、字形、主要部首與筆畫數、字音與字義，右側則爲陳列參考文獻之「形體資料表」。若點選左上分格中的異體字，左下分格便呈現異體字相關資料，點選「關鍵文獻」之書名，該文獻資料將置於右側形體資料表之頂端，又凡經編輯委員研訂者，該異體字第一列之最右欄便有「研訂說明」，點選後可閱讀其內容。茲亦以「異」之異體字爲例，節取畫面如下：

〔圖表〕22：教育部《異體字字典》「異」字異體字頁面

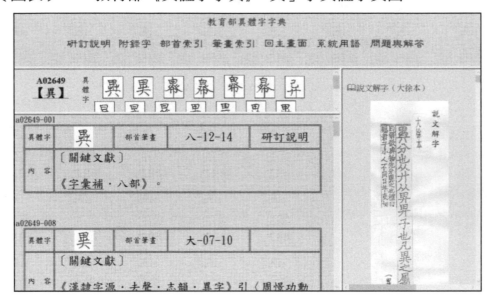

由以上畫面可以看出，本典編輯成果之編排極爲簡潔明朗，沒有迂迴的設計，在資料陳列上，正字訊息優先於異體字訊息，層次區隔清楚，指引明確。此外，爲順應讀者個別閱讀需要，分格之界線均可作調整，如閱讀重點於文獻時，可將左右分界之格線往左移，放大「形體資料表」分格之寬度使便於瀏覽，頗爲便利。

（8）將大量漢字數位化，建置爲電子資料庫

據曾總編輯試用版序，本典成果係「以網頁編寫來設計」，運用的是視窗軟體工具，又按其改版紀錄，系統開發應於 2000 年（公布試用一版時間）以前。若對照於美國微軟公司 Windows 作業系統的進程來看，當時該軟體雖已發展了十餘年〔註 144〕，惟早期的版本均未支援中文，直至 1985 年底方正式

〔註144〕據《維基百科》，微軟於 1985 年推出所推出之 Windows 1.01 爲第一個版本。（瀏

推出中文版 Windows 95。換句話說，本典編輯時，中文視窗軟體之發展僅五年左右，尚未十分成熟，中文字型部分則為 Big5 內碼，僅有一萬三千餘字，相較於本典約十萬之收字，實如杯水車薪，有 85%以上的收字無電腦字型可用。就此客觀資訊環境來看，當時的狀況似乎還不足以開拓電子版本，惟如曾總編輯序言中所說：「因為預估總成果的內容十分龐大，所以從一開始，成果的展示方式就朝電子版本去設計。」但也因此一方向，無論是編輯時運用的既有資料，或是編輯成果，均必須是製成數位格式。

在既有資料部分，最艱鉅的數位化工程應為「形體資料表」，就本典成果來看，編輯團隊應該是先進行紙上作業，將查詢所得資料先作切割，然後黏貼於紙上並謄錄出處，接著再掃描及匯作成果網頁，這些步驟雖然並不需要特別高超的資訊技術，但其數量之龐大、操作之繁瑣均不容小覷。本典總編輯曾榮汾先生在〈教育部《異體字字典》之析介〉中有以下相關簡述：

> 這是一部以電子版本收錄文獻字形的工具書。收字雖然只有十萬，基本文獻雖然只有六十二部，但參考文獻多達一千四百四十二種。全部內容以超文本語言（html）編寫。其中逐字釋義，逐字附圖，逐字交代關鍵文獻，逐字說明參互見關係，全部使用「超連結」的功能，連結點超過百萬。全部原始文獻，先作掃描，依字裁剪。所有異體字形，委請專人書寫，再予以掃描，逐字切割。如以一個字帶五個文獻圖檔及五個異體字形圖檔計，則其總資料單位，何只百萬。〔註145〕

此外，本典在編輯總報告書中〔註146〕的「流程篇」，詳載多項工作之流程，其中亦見資料數位化的過程：

A、圖片編輯流程

　　　　覽日期：2016 年 9 月 19 日）

〔註145〕曾榮汾〈教育部《異體字字典》之析介〉，第十四屆中國文字學全國學術研討會，高雄：中山大學，2003 年。

〔註146〕教育部《異體字字典・附錄・編輯總報告書》（臺灣學術網路十一版，臺北：教育部，2004 年）。（瀏覽日期：2016 年 9 月 17 日）

〔圖表〕23：教育部《異體字字典》圖片編輯流程圖

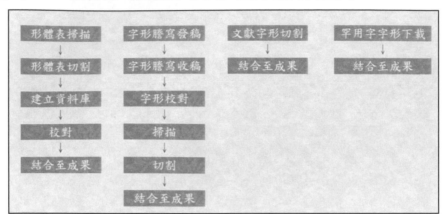

B、網頁編輯流程

〔圖表〕24：教育部《異體字字典》網頁編輯流程圖

以上流程，還看到了資料庫的應用，於編輯過程至少建立有正字釋義資料庫、異體字資料庫、附錄字資料庫、形體資料表資料庫、罕用字形體資料表引書體例資料庫、索引資料庫，就今日之資訊管理來看，這些資料庫應未能含括所有的成果內容，換句話說，資料庫化尚未全面。但就當時資訊環境、人力〔註147〕

〔註147〕　〈曾總編輯序〉（試用版）：「受限於編輯環境、經費預算等因素，考慮再三，我們作了兩期三年的計畫，聘請了二十五位的工作人員。但是在工作期間中，除了異

及時間條件等，這些成果已屬不易，且日後可再作擴充，具有無限的發展性，殊爲可貴。

2、本典發展空間評析

探析本典成就之同時，實亦一併領略了本典編輯之艱鉅。綜觀文獻，漢字形體演變縱可歸納脈絡，鋪展一字多形之歷程，但研究文字，必須兼顧音義，形音義結合後，便見諸字糾纏，或一形兼爲多個正字之異體，或正字又兼爲其他正字之異體，若以捷運路線網絡之方式呈現，所繪之圖必錯綜如蛛網，聯繫之費工更是宵不可測。此外，存於文獻中之模糊字形與交代不清之釋義、大量的待編排資料，以及曾總編輯序言中提及之編輯人員流動等，都使編輯工作益加龐雜與繁重。也因此，於有限時間內完成之編輯成果，餘留了尚待發展的空間。

本典總編輯曾榮汾先生在試用版序言中提出了正字標準混淆、異體難以定形、異體音義與正字對應、文獻著錄態度參差、委員討論觀點紛歧、電子版本編輯技術、工作人員流動七項編輯所遇困難，並認爲這些困難影響了本典編輯，使成果尚有以下六點待改進之處：

1、文獻收錄的不足。

2、手寫字形的失眞。

3、全面釋義的待補。

4、圖片處理的改進。

5、部首互見的補正。

6、參見線索的修訂。

第一點的缺失是因爲原本所據六十二部文獻幾都爲字書，對於其他非字書類文獻並未全面考慮，這應是未來修訂此字典時該努力的地方。第二點的缺失，是校對的問題，可待未來電腦字形製作時，全面修正。第三點的缺失，則須對所有正字的釋義，從頭以更精細的

體字整理外，人員還得兼負三部《國語辭典》的編輯與維護、年度語詞的調查統計、新詞語料的蒐輯、鄉土語料的整理等工作。多項工作齊頭並進，眞正能投入異體字編輯的只有十六位專任編輯。」（教育部《異體字字典》，臺灣學術網路十一版，臺北：教育部，2004 年）。（瀏覽日期：2016 年 9 月 17 日）

態度重整，並非只是藉《重編國語辭典修訂本》釋義爲滿足。第四
點的缺失，造成某些圖片十分模糊，可能需要重掃。第五點的缺失，
造成除常用字之異體字外，並未全面使用互見檢索，將來也須補作
完整。第六點的缺失，使文字「字族」關係未能完整，也得靠持續
修訂才能完備。〔註148〕

曾先生爲本典總編輯，對字典的掌握及體會程度非爲他人可及，自是針砭中
的，點出了本典至爲關鍵之待加強處，惟此究竟由編者角度出發，在提出這
些待改進處時，或已綜合評估了執行的可能性，將不具可行性者先予篩除，
但若爲讀者，因不具備評估可行性之能力，多僅能由自身需要及期許出發，
或許便提出許多令編者「有苦難言」的修訂建議。筆者以爲，字書既爲工具
書，當然以提供讀者解決用字問題爲目標，讀者需求自然必須納入考量，是
以，一部字書之編輯，必須在編者理想、讀者需求、資源條件三點中加以權
衡，找出最適合的中心點，再據以設定編輯目標。今筆者參考曾先生所提的
幾項待改進處，並依據個人之讀者使用經驗，提出本典或可考慮進一步發展
處，作爲佛經異體字字典編輯規劃參考。茲歸納如下：

（1）內容編輯部分

A、部分異體字與文獻字形略見差異

本典異體字約七萬字，絕大多數無電腦系統字可用，故係先以手寫方式
謄錄文獻字形後再作數位化處理。今於成果，見有部分謄錄字形與所引關鍵
文獻稍有不同，如：正字「器」下，「器」、「器」僅中央「大」形上方筆畫長
短不同，仍予分收，顯見此類差異於本典應予區隔，惟見異體字「器」關鍵
文獻《廣碑別字》字形作「器」，「器」關鍵文獻《字學三正》字形作「器」，
如以恪守文獻原形爲基本原則，諸如此類字形皆應予調整。

B、正字釋義內容體例不一致

據本典體例說明：「常用字及次常用字部分，原則上根據《重編國語辭典
修訂本》，並加以適當增補；罕用字另行撰寫。」此即明示原即含有兩種編輯
方式，又進一步觀察，根據《重編國語辭典修訂本》者先以詞性區分義項，

〔註148〕曾榮汾〈教育部《異體字字典》之析介〉，第十四屆中國文字學全國學術研討會，
高雄：中山大學，2003 年。

另行撰寫者則根據基礎文獻且未標詞性，兩者體例明顯不一。基於全書體例應維持一致之編輯原則，本典釋義宜作全面調整，使內容及形式體例更爲整齊，而筆者以爲，本典形體資料表中之文獻編排已呈現一字形音義之演進，其中字義演變脈絡當可反映於釋義，故或可考量由《說文解字》爲起點舖陳字義之引申。今觀本典 2012 年所推新版次之試用版，確實也看到了如此之修訂方向，以「七」字釋義爲例（附《重編國語辭典修訂本》釋義以供對照）：

〔圖表〕25：教育部《異體字字典》「七」釋義修訂前後內容對照表

異體字字典		重編國語辭典修訂本
正式五版（修訂前）	2012 年版（修訂後）〔註149〕	
①介於六與八之間的自然數。大寫作「柒」，阿拉伯數字作「7」。 ②文體名。見「七體」。 ※七體： 1.人體的七竅，包括眼、耳、口、鼻。國語・鄭語：「和六律以聰耳，正七體以役心。」 2.文體名。起於枚乘的七發，其後文人競相模仿，遂成七體。如傅毅的七激、張衡的七辯、曹植的七啓、張協的七命、陸機的七徵等。文尚駢麗，但造字遣辭與連珠全篇四六不同。 ③民俗稱喪事每七日設奠一次爲「作七」，由頭七到尾七共需進行七次，稱爲「七七」。北史・卷八十一・儒林傳上・孫惠蔚傳：「從綽死後，每至七日至百日，靈暉恆爲綽請僧設齋行道。」喻世明言・卷十・滕大尹鬼斷家私：「善繼只是點名應客，全無哀痛之意，七中便擇日安葬。」	1、介於六與八之間之自然數。大寫作「柒」，阿拉伯數字作「7」。《說文解字・七部》：「七，陽之正也。」依漢代陰陽五行之概念，凡偶數皆屬陰，奇數皆屬陽。《玉篇・七部》：「七，數也。」《詩經・曹風・鳲鳩》：「鳲鳩在桑，其子七分。」《警世通言・卷三二・杜十娘怒沉百寶箱》：「那杜十娘自十三歲破瓜，今一十九歲，七年之內，不知歷過了多少公子王孫。」 2、民俗稱喪事每七日設奠一次爲「作七」，自頭七至尾七共進行七次，因稱爲「七七」。《北史・卷八一・儒林傳上・孫惠蔚》：「從綽死後，每至七日至百日，靈暉恆爲綽請僧設齋行道。」《喻世明言・卷一〇・滕大尹鬼斷家私》：「善繼只是點名應客，全無哀痛之意，七中便擇日安葬。」 3.「七體」： （1）人體的七竅，包括眼、耳、口、鼻。《國語・鄭語》：「和六律以聰耳，正七體以役心。」 （2）文體名。起於枚乘的〈七發〉，其後文人競相模仿，遂成七體。如傅毅的〈七激〉、張衡的〈七辯〉、曹植的〈七啓〉、張協的〈七命〉、陸機的〈七徵〉等。文尚駢麗，但造字遣辭與連珠全篇四六不同。	[名] ❶介於六與八之間的自然數。大寫作「柒」，阿拉伯數字作「7」。 ❷文體名。參見「七體」條。 ❸民俗稱喪事每七日設奠一次爲「作七」，由頭七到尾七共需進行七次，稱爲「七七」。《北史・卷八一・儒林傳上・孫惠蔚傳》：「從綽死後，每至七日至百日，靈暉恆爲綽請僧設齋行道。」《喻世明言・卷一〇・滕大尹鬼斷家私》：「善繼只是點名應客，全無哀痛之意，七中便擇日安葬。」

〔註149〕此所列修訂後釋義爲 2016 年 9 月 24 日檢索內容，惟本典正修訂中，尚有更動可能。

對比修訂前後之內容，修訂後之釋義增引了《說文解字》，並以其爲義項之首，有自本義舖展字義之意味；在形式體例上，修訂後使用了書、篇名號，也增加了閱讀的清晰度。惟義項 3 參照《重編國語修訂本》釋「七體」，筆者以爲有模糊字、辭典界線之嫌，依「字典」之性質，應守持以單字爲說釋主體之立場。觀此「七體」下「七竅」、「文體名」二義項，「七竅」之「七」仍爲自然數義，應無須別立義項；「七體」係複詞形式之特有專門用語，辭典自可收錄，字典似無收錄必要。

A、正字書體不一，或作楷體，或作宋體

本典以教育部頒定標準字體爲正字，態度極爲明確，在字形上，便依教育部研訂字形，採楷體爲書體，有一字不二捺、左旁末筆之橫筆與豎曲鉤作斜挑等書寫原則〔註150〕，惟觀其呈現，因囿於資訊環境限制，近三萬個正字中，僅常用及次常用字一萬三千餘採用系統字標楷體，其餘採 CNS11643 網站所提供之中 40*40 字形〔註151〕，則非爲楷體，而不同書體之筆形、筆畫之接觸等細微處或有差異，故如以樹立精確標準爲目標，實應全部正字均以楷體呈現。

B、部分正字之字級或取形有待商榷

在正字字級確立方面，本典對於教育部標準字體表概照單全收，部定標準字體則概依下列原則：

　　a、字形有數體而音義無別者，取一字爲正體，選取原則爲：取最通行者；取最合於初形本義者；數體皆合於初形本義者，取其筆畫最簡或使用最廣者。

　　b、字有多體，其義<u>古通而今異</u>或<u>古別而今同</u>者，予以並收。

　　c、字之寫法，<u>無關</u>筆畫之繁省者，則力求符合造字之原理。

　　d、凡字之偏旁，古與今混或筆畫近似而易混者，則予以區別。

惟細察部定標準字體，有部分未符其自訂原則，筆者以爲本典以「異體字」爲專研主題，考查更爲深入，凡與標準字體表出入者，正當爲字表修訂之重要

〔註150〕參教育部《國字標準字體教師手冊》，教育部，1994 年 7 月。

〔註151〕教育部《異體字字典・編輯說明・編輯凡例・編輯體例・分例・字形編輯體例・正字編輯體例》（臺灣學術網路十一版，臺北：教育部，2004 年）。（瀏覽日期：2016 年 9 月 25 日）

參考，若爲維繫既有標準而逕作忽略，殊爲可惜。如以下兩種情形則或有調整空間：

a、將一字之多形別立爲不同正字。如：「汙」、「污」二字分爲常用字、次常用字，惟據文獻，二字字源相同，音義古今皆同，僅字形上有筆畫曲直等些微差異，並無上述研訂原則乙之情形，故應依據原則甲取一字爲正體。

b、非以符合造字原理之形爲正字。如：罕用字「芇」，形構從艸、巾，查《說文》，篆形作「」，義「相當也」，歸「屮」部，據此，正字形宜參考《字彙》等文獻改作「芇」，从屮而不从艸。又如：罕用字「爽」音ㄕㄨㄤˇ，「大」內作四「人」形，查《說文》無此字，《玉篇》等文獻則言其爲草名，依其音義，此正字形宜參考《類篇》等文獻改作「爽」，大內從四「乂」而不從四「人」，今本典反將此形錄爲異體字。

E、宜考量異體字字形之標準化

正、異體字是人爲規範的用字層級。正字取形偏重字理，而書寫取形往往從簡，是以，就用字實況而言，正字的使用頻率未必高於異體字，如顏元孫《干祿字書》序言云，正字「施著述文章，對策牌碣」，俗字則於「籍帳文案，券契藥方，非涉雅言，用亦無爽」，顯示後者之使用場合更爲廣泛。爲因應此實際需求，資訊廠商製作中文字型時，除了正字以外，部分實用性較高的異體字亦應納入製作範圍，就此，異體字字形之標準化、統一化則有其必要。本典正字字形嚴守教育部標準字體規範，異體字形則多依源出文獻，筆者以爲，異體字形或可再分層級，其中符合形聲、會意等六書原理者，或經觀察屬演變常例之偏旁，均可參考標準字體之規範，就其筆畫、點畫位置等樹立書寫標準，作爲資訊字型開發等實際利用之具體參考。

（2）文獻編輯部分

A、基礎文獻選錄之問題

本典基礎文獻選錄說文、古文字、簡牘、隸書、碑刻、書帖、字書、韻書、字樣書、俗字譜、佛經文字、現代字書十二類，概屬工具書，由文字發展史角度觀之，堪稱完整，惟有部分因個別編製情況，於異體蒐錄之效益較爲有限。如「碑刻」類之《偏類碑別字》、《碑別字新編》，係由著者謄錄碑帖

字，有字形失眞之疑慮，或可考量改用以原碑呈現之《大書源》〔註152〕等文獻；又如「俗字譜」類之《敦煌俗字譜》、《宋元以來俗字譜》，字跡模糊，或可考量以其爲線索，依所示出處酌補增還原資料以爲輔助；再如「佛經文字」類中，則可考量酌補一般認爲保存佛經用字較多之音義書，如《一切經音義》等。

B、文獻資料失收之問題

現代字、辭典多有完善的索引，檢字大致並不困難，傳統字書之檢索觀念則尚未成熟，又或標音、部首系統與今不同，又或內文編排不清，這些都造成檢索及資料蒐集的不便，形體資料表中之文獻，故見有部分資料失收之情況，如：「髟」字於《龍龕手鑑》重收於「镸」、「彡」二部中，後者失收；「塛」字於《正字通》重收於「土」、「兩」二部中，後者亦失收。

C、文獻影像掃描之問題

本典編輯期程約莫爲 1995～2000 年，誠如前文論本典數位化成就時所云，當時的資訊環境與今差異甚大，故有部分資料成果以今日技術觀之，尚見改善空間。如屬本典特色之形體資料表，編輯時或因掃描器解析度、伺服器空間等限制，文獻影像清晰度較爲不足，部分並有影像過小的狀況，這些問題都造成內容閱讀之障礙，大大減低了文獻的利用價值，筆者以爲應列爲本典修訂重點項目之一。而於目前的試用的新版次中，部分影像解晰問題已見解決，另增列單一影像放大功能，解決了文獻閱讀的問題，惟多數文獻影像仍維持前版狀態。

D、資料出處標示之問題

本典形體資料表中之文獻資料，其出處標示中均見頁碼，惟經還原，部分文獻實未標頁碼，本典所標注者或乃編輯時之自標頁碼，則此訊息實無助於讀者還原文獻。是以，此類文獻宜貼合原文編排，標注更多層次之訊息，當更有助於讀者還原原書，如：《字學三正》目前陳列之「體製上·古文異體」，可再補錄字形所屬韻部；《四聲篇海》目前僅陳部首，則可補錄字形所屬筆畫數。

〔註152〕《大書源》係本典成書後之出版品，由日本二玄社於 2007 年出版。除紙本書之外，另附有光碟。

（3）檢索與資訊字型利用部分〔註153〕

A、檢字之便利性可再提升

本典為提高檢索便利性，設有「參考部首」體例，惟據說明，本版次僅常用字之異體作此處理，實宜再續作分析，完成全部收字之分析。另外，本典雖有部首索引、筆畫索引，所應用之檢字屬性概均為字形部首及筆畫數，與單一索引無異，仍不足以因應字形未經規範之異體字形，故宜規劃更多元之檢索方式，而據本典「新版系統試用說明」，新推版本對此問題有所改善，其說明如下：

> 提供八種查詢方式。除現行版本既有的「部首查詢」、「筆畫查詢」外，另增設「單字」、「注音」、「漢語拼音」、「倉頡碼」、「四角號碼」五種查詢方式，以及綜合上述七種方式後另加入筆順、形構條件的「複合查詢」。〔註154〕

B、應避免使用自造字顯示用字

由於可運用之系統字型有限，本典「含有大量造字，使用時須先將所附造字檔載入」〔註155〕，此對讀者來說殊為不便，且局限了本典之使用硬體。觀本典新版次已不再使用造字，或改以其他系統字替代原用字，或改以圖片呈現非系統字，讀者便無須安裝造字檔，使本典之使用更為方便。

第四節　歷代編輯成果對佛經異體字典編輯之啓發

漢字字典編輯歷史悠久，周宣王時太史籀編成《史籀篇》，曙光初露，秦代李斯的《蒼頡篇》、趙高的《爰歷篇》、胡毋敬的《博學篇》，西漢史游的《急救篇》、揚雄的《訓纂篇》，幼苗萌發，至東漢許慎的《說文解字》，則使基石矗立，正式揭開漢字字典編輯史之序幕，之後每隔一段時間，便有燦然新編，至今仍生生不息，匯流成貫穿千年、蘊藏豐沛的歷史長河。今人從事字典編

〔註153〕此問題於本典第 6 版均已獲得改善，惟本文係以第 5 版為分析對象，故仍予留存，同時可作為本典新版次對於前一版次之改善例證。

〔註154〕詳見「教育部《異體字字典》新版系統試用說明」（http://dict2.variants.moe.edu.tw/variants/trial_ver_info.html，瀏覽日期：2016 年 9 月 27 日）。

〔註155〕教育部《異體字字典·系統說明·系統簡介》（臺灣學術網路十一版，臺北：教育部，2004 年）。（瀏覽日期：2016 年 9 月 27 日）

輯，當由此長河汲取養分，猶如曾榮汾先生所言：

> 分析前人的得失是接受辭典編輯訓練的第一步，因爲只要能知他人
> 長短之所在，就必定已具備了辭典編輯最重要的一個基本概念，那
> 就是懂的〔得〕〔註 156〕同時用編者與讀者的身分去瞭解一部辭典
> 了。站在編者的立場，是透過「技術」角度去分析的；而站在讀者
> 的立場，則是透過「服務水準」來評定的。……只有如此，才可能
> 眞正經過編輯眼光吸收前人的長處，也才能使編出來的辭典發揮該
> 有的服務效用。〔註 157〕

本章以「漢字字典編輯對佛經異體字典的啓發」爲題，即擬藉由對於歷代編輯成果各種層面之探究，逐次體會前人之編輯用心，故於前三節由漢字字典編輯緣起切入，探索編輯觀念、編輯技術之發展，進而因應「佛經異體字字典」專題字典之性質，特就異體字字典之編輯加以刨究，並以目前規模最大的教育部《異體字字典》作爲分析實例，期如此層層遞進，吸取前人編輯經驗，作爲佛經異體字字典編輯規劃建構之基礎。此分就編輯觀念、編輯體例、編輯方法，描述筆者由上述探索歷程所得之佛經異體字字典編輯啓發。

一、編輯觀念之啓發

縱觀歷代字書編輯成果，成形於漢代《說文解字》之形訓、音訓、義訓觀念，後世大致承襲。又因字書編纂，多以樹立用字標準爲主要目的，故即便未有清楚之正字、異體字概念，但對於一字多形，多不約而同地加以區辨爲不同層級用字，這些編輯觀念，在現代字書中仍大致傳承，除此之外，筆者以爲還有以下觀念值得留意：

（一）學術線索之保留

字書編輯，概經詳密的學術考究，惟未必呈現於最後的成果中。許愼《說文解字》就本字本形略作字構說解，成爲後世考訂漢字之重要依據；張自烈《正字通》對一字之說解資料詳博，雖被評爲：「徵引繁蕪，頗多舛駁。又喜

〔註 156〕原文「懂得」誤植爲「懂的」，爲利讀解，筆者自行於誤植字後夾注正確用字。

〔註 157〕曾榮汾《辭典編輯學研究》（臺北：世界文物出版社，1988 年）。曾先生此書係累積二十年編字辭書編輯經驗而作，其著書緣起及目的可參其書前自序。

排斥許慎《說文》，尤不免穿鑿附會，非善本也。」〔註158〕但對於漢字演化脈絡之研究，其中仍有具參考價值者；教育部《異體字字典》則採取了不同的方式，在主要內容部分，仍爲一般字書皆可見之標音、釋義，惟又附文獻影像，作爲異體字形來源之客觀依據，至於涉及主觀學術意見的字形「研訂說明」，則設置爲第二層資料，如此做法，算是在「客觀語言記錄」與「主觀學術見解」間取得平衡，在提供學術線索的同時，也不致如《正字通》因編者主觀評述過多而造成「繁蕪」之感，使不同層次的讀者亦可各取所需。

（二）存疑待考之態度

常謂字、辭典爲「不說話的老師」，既被賦予爲師之角色，似應無所不知，在多數讀者之認知中，字、辭典也確實是帶有權威性、規範性的，然而，在字書編輯的過程中，勢必遇到一些疑難雜症，致使一字之音義無法及用法無法確認，如因此放棄所掌握之部分資料，殊爲可惜。觀歷代字書中，不乏有納編此類資料之做法。如教育部《異體字字典》收錄了所謂的「附錄字」，其編輯凡例云：「本字典所謂『附錄字』，指異體與正字關係疑而待考者。置於各該正字下，但不呈現於『異體字』欄。」雖僅提供疑而待考的線索，仍提供一絲用法指引，就學術層面而言，則提供了可作進一步研究之議題，也表現出有一分證據說一分話的嚴謹態度。

（三）編輯報告書之編製

傳統字書多未附凡例文件，後人欲悉其編輯用心、體例等，均須由序言、成果中的蛛絲馬跡加以推敲，猶如霧裡看花，也未必能探得眞相，現代字書則已有改善，多於正文前置有凡例，說明內容架構、依據、行文方式，教育部《異體字字典》（正式五版）又更進一步編輯獨立成冊的「編輯總報告書」，置於本典附錄，報告書中除字典體例以外，另納編流程等編輯技術層面之說明以及部分過程資料，其序言簡要描述了全書內容及編輯用心·

> 《異體字字典》編輯始於民國八十四年，完成民國九十年。六年
> 中，編輯小組利用有限的人力，設計體例，分析流程，建立文獻，
> 選取異體，掃描手寫字形，研發技術，進而編輯成書。在異體學
> 理方面，小組接受委員會的指導；在編輯實務方面，則由小組自

〔註158〕見《四庫全書·總目·卷四三·正字通》。

行擬訂工作原則。爲了使報告書的內容充實，小組將編輯過程中各方面的資料分「人員」、「流程」、「資料」、「體例」、「成果」、「附錄」等七部分呈現。「人員篇」說明參與此工作的人員，「流程篇」說明各項工作之流程，「資料篇」說明此書所利用之資料，「體例篇」說明各項工作的體例，「成果篇」則說明本字典成果呈現狀況。在「附錄」部分則載錄「編輯紀要」。小組將六年來的各種編輯會議資料一概收錄於此。這些紀錄詳實記載了我們在編輯過程所遭遇的各種問題的討論及解決方法。其中有委員對異體字學理的見解，也有小組對技術問題的看法。……希望這些資料不但能成爲後續工作的基礎，也能對語文研究有所幫助，並能提供字辭典編輯者實務操作上的參考。〔註 159〕

今詳閱此報告書，確實留存大量極具參考價值的編輯歷程，如於「流程篇」，不僅止有「總流程」，另有較爲細項的「形體資料表製作流程」、「初審作業流程」、「研訂稿收發流程」、「清稿收發流程」、「成果編輯流程」、「成果校對及修改流程」，具體而微地描述了極爲細節的操作步驟；在「編輯紀要」的「大事紀要」中，所提供訊息亦頗爲詳細，經歸納後，對於後世編輯實務之執行事項、期程之規劃，都是極爲要的參考，如「八十四年大事紀要」：

〔圖表〕26：教育部《異體字字典》民國八十四年大事紀要表

時　　間	大　事　紀　要
7 月 01	工作小組成立
7 月 01	新進人員訓練
7 月 02	新進人員訓練
7 月 03	新進人員訓練
7 月 24	異體字字典委員會議（一）
9 月 30	異體字字典委員會議（二）
10 月 07	異體字字典委員會議（三）
11 月 25	異體字字典委員會議（四）
12 月 23	異體字字典委員會議（五）
12 月 31	基本資料蒐輯完成

〔註 159〕《教育部《異體字字典》編輯總報告書・序》（教育部《異體字字典》，臺灣學術網路十一版，臺北：教育部，2004 年）。（瀏覽日期：2016 年 9 月 20 日）

觀乎傳統字書，多出於個人或少數一、二人之手，創作模式與一般著書並無太大差異，至《康熙字典》，邁入集體編纂，一致的編纂原則、學理呈現以及編輯工作的分配，便成為重要的成敗關鍵。現代字書，亦多為集體編纂，大型字書之編輯團隊甚有百人以上，共事者越多，共識形成、工作步調之配合便越加困難，也越需要高度的管理技術。然而，漢字字書編輯之歷史雖長，編輯方法卻一直未受關注，也沒有留下相關記載，自然也就沒有較為完整的論述，使後世編輯苦無資料可參。今人對此或有體悟，教育部於完成《重編國語辭典修訂本》及《異體字字典》編修之同時，皆另發行編輯總報告書，載錄於成果中無法得知的編輯歷程，多次參與編輯之曾榮汾先生也以單篇論文發表不少編輯心得，大陸於編修《漢語大辭典》等大型語文工具書後，亦同樣見有類似的出版品及文章。筆者以為，在各式出版中，字書編輯特別需要追求後出轉精，以使其具有撰作價值，是以，無論是內容或實務技術，都應該以之前的編輯成果及編輯方法為巨人肩膀，在既有的基礎上精益求精。今之學者，對於內容之研究尚有可觀，對於方法之論述則還待開展。若每部字書於編輯成果之外，均另行出版編輯報告書，留下編輯歷程紀錄、編輯心得等，均有助於累積編輯實務經驗，使日後得以進行系統性研究，促使方法論之成形。

二、編輯體例之啓發

　　漢文佛經異體字字典之編輯，不同於一般字書者，主要在於正字標準之樹立、異體範圍之劃定，以及為收字繁多之成果，預為思考字形歸部處理。歷代字書在上述問題上，已有成熟的示範，足以啓發後世編輯，以下分論之：

（一）正字選定之依據

　　承前文所論，文字之正字身分係源自人為的指定，且正字挑選並沒有絕對的準則。如《說文解字》強調結合形音義以析形、音義，故恪遵六書原則；《干祿字書》關切當代用字需要，故權衡時宜云：「若總據《說文》，便下筆多礙。當去泰去甚，使輕重合宜。」〔註160〕另將時人書寫習慣納入考量；成書時間距今較近之教育部《異體字字典》，因屬官方所編字書，故逕以教育部

〔註160〕唐・顏元孫《干祿字書・序》，叢書集成簡編，臺北：臺灣商務印書館，1965年。

頒訂之標準字體爲正字主要來源〔註161〕。簡言之,正字擇取原則,實關乎編輯目及整體編輯方向。觀歷代一般語文字書及佛經工具書之正字擇定,大致以依從《說文》本形脈絡爲主流,其次則考量共時之用字習慣,或採時俗用字,此外,雖亦有編纂者主張文字應追本溯源,採小篆以前的古文、籀文爲正字,惟屬少數。基本上,歷代字書所示範之正字觀念,一言以蔽之,大抵爲——維繫傳統,兼重時宜。筆者以爲,此一觀念不僅顧及文字學理,並同時考慮到文字爲常民用以記錄、溝通之工具,故對於當代習用字採取尊重的態度。從實用層面來看,趨近本形之文字形構,藉形表義之功能較強;當代習用字則便於使用,易利於推廣。就本文佛經異體字字典編輯主題來看,所欲編輯字典係爲提供當代利用,正字有聯繫紛雜文獻用字使讀者能夠識讀之目的,所擇正字則宜爲於今普遍使用、大眾熟悉者。因惟有閱讀者能夠聯繫文字之表層形體與深層所指時,文字符號才能發揮傳情表義的效益;當閱讀者之聯繫準確又快速時,文字符號之表義功能始能順暢運作。故採用當代大眾熟悉用字,當爲正字訂定之方向。

（二）異體字之定義

對應相同字位的多形中,正字擇取出後,其餘諸體便爲異體字之範圍,惟其中尚有非共時用字、部分音義相同用字、同音通假字、古今字是否得以納入異體字範圍?諸家說法不一,前文已有論述,茲參考各家說法及教育部《異體字字典》之編輯體例,筆者以爲佛經異體字字典可採廣義異體,茲歸納筆者個人觀點如下:

1、非共時用字:考量用字斷代有其難處,加以解讀歷代文獻之實際需求,以及歷時異體於漢字研究上之意義,筆者以爲,異體整理時不妨參照李運富先生「泛時化」之觀點〔註162〕,廣納歷時與共時之異形。

〔註161〕教育部《異體字字典・編輯説明・編輯略例》:「本字典所用的正字標準據教育部常用、次常用、罕用等三正字表。遇有三字表未收,而須獨立音義之文獻字形,則補收爲新正字。」(臺灣學術網路十一版,臺北:教育部,2004 年)。(瀏覽日期:2016 年 9 月 8 日)

〔註162〕李運富〈關於「異體字」的幾個問題〉:「談異體字最好泛時化,可以有『共時』的異體字,也可以有『歷時』的異體字;可以從共時的角度歸納異體字的同用現象,也可以從歷時的角度探討異體字的產生和演變。」本文刊載於《語言文字應

2、部分音義相同用字：漢字是漢語的表義符號，字形爲其表象，在語言中產生功效者實爲字形所載之義，從這個角度來看，每個義項都是一個語言單位，「一字多義」實亦可視爲「異義同形」。據此觀點，以字形爲主體所謂之「部分異體」，仍可納入異體範圍。

3、同音通假字：「異體字」之「異體」關係，應聚焦於字形上之關聯，二字彼此間如缺少字形變異、孳乳關係，僅爲字音相同或相近而對應同一字位者，不視爲具有異體關係。

4、古今字：曾經具備共時並用關係，但今已分化之古今字，是否具備異體關係？筆者以爲這是一種選擇。本文所論佛經異體字之整理，乃以聯繫歷代文獻用字與當代用字爲異體整理目的，則宜兼含古今字，使今人得藉「今字」理解文獻中的「古字」。惟此古、今字設限於字形具變異、孳乳關係者。

佛經異體字整理工作中，必然透過版本比對，然後在異文中篩選出異體的過程。在同音、同義、同用及字形具有變異、孳乳關係之大前提下，佐以上述各類情況之釐清，當有助於建立工作準則。

（三）正字、異體字之編排

前文已就歷代編輯成果之正、異體編排方式加以分析，茲彙整如以下簡表（部分字書有跨類情形，故重覆出現於「字書」欄，凡有重出者，書名後以（1）、（2）、（3）標誌其出現序）：

〔圖表〕27：《說文解字》等字書正、異體字線排模式歸納表

類　型	字　書	收字編排依據	備　注
正、異體字成組編排	說文解字	字形	王筠《說文釋例》云《說文》重文：「亦有散見各部者，又有同部不言重文，而實爲重文者。」〔註163〕筆者以爲此非許慎有意爲之，故未列爲本書之編排方式。
	干祿字書	字音	分爲正、通、俗三級，各組字未必通、俗皆見，惟必見正字。
	龍龕手鑑 (1)	字形	同部首之正字與異體字成組編排。
	玉篇 (1)	字形	同部首之正字與異體字成組編排。

用》2006 年 2 月第 1 期（北京：教育部語言文字應用研究所）。

〔註163〕見清・王筠《說文釋例》卷七（北京：中華書局，1988 年）。

	廣韻 (1)	字音	
	集韻 (1)	字音	
	字彙 (1)	字形	同部首及筆畫數之正字與異體字成組編排。
	康熙字典 (1)	字形	正字下先陳列古文字形，各形又分別收錄及說釋。
	異體字字典		爲網路辭典，以部首索引檢索後，直接點選進入所查詢收字，故無所謂正字收字編排。
正、異體字非成組編排	龍龕手鑑 (2)	字形	正字與異體字不同部首故分開陳列，若有多個同部部首，則以字串呈現。
	玉篇 (2)	字形	同部首之正字與異體字成組編排，其餘則否。
	廣韻 (2)	字音	
	四聲篇海	字形	正字與異體字未成組，惟同部首及筆畫字之異體字或成組編排。
	字彙 (2)	字形	同部首及筆畫數之正字與異體字成組編排，其餘則否。
	康熙字典 (2)	字形	正字下先陳列古文字形，各形又分別收錄及說釋。
	中文大辭典	字形	
	漢語大字典	字形	
異體字未收爲字頭，僅呈現於釋義中	廣韻 (3)	字音	未見體例說明，惟經翻查，此方式屬常見。
	集韻 (2)	字音	流俗用字及部件易位字，均於釋義中呈現。〔註164〕《集韻·韻例》：「凡字有形義並同，轉寫成異，如坪圣、峇叺、心忄、水氵之類，今但注曰『或書作某』。」明言凡部件易位者均於釋義中說明異形。

　　觀察上表之歸納情形，併同上文所列實例，大致可歸納歷代字書正、異體字編排情形如下：

　　1、正、異體字之編排，大抵依照字書正文收字之既有編排方式，有依字音、依字形兩大類型。

〔註164〕集《集韻·韻例》：「凡流俗用字，附意生文，即無可取，徒亂眞僞。今於正文之左直釋曰『俗作某，非是』。」「凡字有形義並同，轉寫成異，如坪圣、峇叺、心忄、水氵之類，今但注曰『或書作某』。」

2、正、異體字必然同音但不同形，故以音序爲編排序者，較爲便於以字組方式編列正、異體字。

3、將音義及用法相同字加以聯繫，爲各字書共有之處理概念，惟未必皆於多形中擇定正字。

4、對於正、異體關係之說明有二類：

（1）所有之異體均以「同某（正字）」用語聯繫正字。

（2）以「俗字」、「古字」、「訛字」等用語分別說明異體與正字之關係。

5、部分字書有呈現多種編排方式之情形，原因如下：

（1）以字形爲編排序者，對於部首、筆畫數相同及不同者，須採不同的編排方式。

（2）將一字之異形區分爲不同層級，或收爲字頭，或未收爲字頭。後者（主要爲訛字）僅於正字釋義中交代字形。

（3）早期字書對於體例之重視程度不足，故有處理方式不一之狀況。

就一部字書而言，體例嚴整應爲基本要求，故有關於歷代字書正、異體字編排呈現多種樣貌之情形，實屬不宜，今日編輯當於成組或不成組兩大類型中擇定其一，再參考過去字書必須區分兩種編列方式之狀況，使當時所遇問題均能獲得解決。而觀上述列舉之近、現代字書，《康熙字典》、《中文大辭典》、《漢語大字典》均爲依字形編排正文中之收字，正、異體字亦各依其部首、筆畫置於當處位置，故未能以字組形式聯繫，惟採網際網路版形式之教育部《異體字字典》，係以正字統領對應之異體字群，屬字組編排模式。由於異體字之音義均依附於正字，須由正字說解以明之，當正、異體字未群聚爲字組時，讀者查得異體字形後，必須再翻查所對應正字，方能獲得完整形音義訊息，如所查爲正字，除非如《康熙字典》將古文異體獨立爲字頭且又重複置於正字字頭下，一般也無法得知可對應該正字之異體字形。

　　經以上探討，採字組形式編列正、異體字，當爲較理想的模式。至於前代字書因受限於字形部首、筆畫數不同而分開編列之情形，筆者以爲，正文收字依固定條件加以排序，目的在於便於檢閱，若另建立有收字索引，正文無須完全負擔檢索責任，則可權衡正、異體字成組編排及收字依部首、筆畫數排列兩者之輕重，考量是否將前者列爲優先於後者之編排原則。

（四）收錄字形之歸部

編輯一漢字字書，字形部首屬性之標示、部首索引之設立皆不可或缺。漢字部首，自許慎《說文解字》創制五百四十個部首，幾經變革，至清代《康熙字典》，二一四部首系統已見穩固，今字書所採部首系統，不外乎此。至於字形歸部，如前文所論，有從字構、便檢索兩種切入點，兩者之間，或見衝突，而教育部《異體字字典》「内文歸部學理化，索引檢索便利化」之做法，提供了解決方案。部首屬性之標示，以從字構為原則，所取部首儘量依循《說文解字》「凡某之屬必从某」以部首表義類的做法；在部首索引中，一個字形則或重見於一個以上的部首，一為該字形所標示部首，其他則為不考慮義類等學理因素，逕就字構中較易辨識之部首形歸部。此法不但傳承許慎建立的部首觀，亦兼顧以部首作為檢索管道之實用功能。

三、編輯方法之啟發

在此資訊時代，如同教育部《異體字字典》總編輯曾榮汾先生所言：「辭典編輯工作事實上就是一項資訊管理的工程，從零散資料的蒐錄到成為有用的編輯資訊，無一不是資計管理的理念和技術。」〔註165〕曾先生於二十多年前啟動編輯的教育部《異體字字典》中，便是朝著這個方向前進，今資訊技術又更發達，對於編輯技術也能有更多的助益，是以，編輯方法之規劃，當仍以「資訊化」為大方向，重點如下：

（一）語料庫技術之應用

漢語辭書肇始於《爾雅》，奠基於《說文》，其後辭書雖各有其體例特色，但收詞立目、字詞訓詁則多見沿承，現代辭典編輯亦仍如此，由編輯參考文獻書單中大抵為歷當代重要辭書，可見一斑，例如教育部《異體字字典》所採六十餘部基礎文獻，便全數為字、韻書。然而，辭書係語言、文字之紀錄，以其他辭書為據，所採取的畢竟為二手資料，就學術觀點而言，絕非最佳方法，惟實際存在之書面及口頭語言，一則龐雜難理，一則有部分已隱沒於歷史中，若非如此「站在巨人的肩膀上」，以前人心血作為基礎，辭典編輯者則

〔註165〕曾榮汾〈辭典編輯偶論〉（《陳新雄教授八秩誕辰紀念論文集》，臺北：萬卷樓圖書股份有限公司，2015 年 6 月 1 日。

必須博覽群書，由多個層面逐一分析語用，然後彙整歸納，始能進入辭典內容撰寫階段，辭書編輯則成為令人卻步的巨獸般工程。是以，沿承前人編輯成果，再從中別創新格或酌增新元素，似乎為辭典編輯的唯一路線。惟由唐代玄應開啓編輯的《一切經音義》，或因內容特殊性，在編輯上採取了不同做法，直接以漢文佛經文獻作為收詞立目的依據，從中選錄值得進一步詮釋的字詞，然後再參原典用法及既有字、韻書訓計字詞音義，十八世紀開始編輯的英國《牛津大字典》，也是直接從書籍報章中蒐集文句，作為編輯的素材。如此編輯方法，與當代提倡直接面對文本的語料庫辭典學不謀而合，相較之下，以既有辭書為基礎的傳統編輯法，固然提供了較為便捷的途徑，然此種做法，一則其編輯成就難以大幅突破前人框架，一則因並非直接面對實質存在的語言進行語詞採錄及分析，對於前人之疏遺無法補苴罅漏，亦無法觀見語言之新陳代謝。張俊盛先生曾說：「編輯詞典不單依靠語言專家對語言的主觀反思，還有客觀的觀察分析。」〔註166〕是以，將載錄語言實況的原始文本納入辭典編輯之來源文獻，應有絕對之必要性。近代電腦資訊技術突飛猛進，在文獻數位化的風潮下，大量的傳統典籍被製成電子版本，語言學領域研究故得以用大量文本進行語言分析，促成了「語料庫語言學」〔註167〕，爾後，因語料庫可為辭典編輯提供大量描述性元素，故又發展出語料庫辭典學〔註168〕，英國柯林斯出版社和伯明罕大學合作於 1987 年出版《Collins COBUILD Dictionary of English》，便號稱為世界首部以語料庫為素材編輯的辭典。在過去紙本編輯的時代，勢必產生巨量的紙面資料，所以《牛津英語大辭典》的主編莫雷（Sir James Augustus Henry Murray，1837～1915）必須特別建一間「繕寫房」以容納成噸的卡片〔註169〕，今天因為資訊技術的挹注，在辭典編輯時應用大量文

〔註166〕張俊盛〈電腦幫助詞典擁抱文法〉（《科學人》，第 162 期，臺北：遠流出版公司，2015 年 8 月）。

〔註167〕在語言學上，語料庫（text corpus）係指大量文本，而且這些文本通常是經過整理、分析，具有規律、固定的格式與標記。語料庫語言學（corpus linguistics）則為採用語料庫作為基礎的語言研究。

〔註168〕可參考李德俊《語料庫詞典學：理論與方法探索》，南京：譯林出版社，2015 年。

〔註169〕見賽門・溫契斯特著／林秀梅譯《OED 的故事：人類史上最浩大的辭典編纂工程》（臺北：時報文化出版企業股份有限公司，2015 年）。據載，繕寫室是間鐵皮小

本並作大量分析已非登天難事，故當為可予嘗試之模式。

（二）資訊化編輯方法之應用

筆者於 1996 年接觸字書編輯，當時中文資訊發展尚於起步階段，個人電腦的作業環境以磁碟作業系統（Disk Operating System，縮稱 DOS）為主，相較於今，其操作殊為不便，如須使用圖表時，必須輸入不同形式線段的內碼，才能組合出差強人意的表格，故當時編輯雖號稱資訊化，大致上僅限於以鍵盤輸入取代手書，將手寫文字轉化成電腦字型，在文獻資料處理上，仍無法完成脫離剪刀、漿糊等手工作業。但即便如此，文字數位化後建置而成的 dBase [註170] 格式資料庫，相對於紙本格式，在後續修訂、擴充上仍展現明顯優勢，足以確立未來資訊化、資料庫化的編輯方向。加以前述之文本分析編輯模式，如以純粹的人工方式進行，所耗時日未必空前（《牛津大字典》費時七十餘年編成），但必然絕後，是以，以人工智慧輔助專家智慧是必要的手段，資訊化編輯也就成了最佳的作業模式。而所謂資訊化，大致可參考教育部《異體字字典》之編輯方式，一則將參考文獻作數位化處理，一則如總編輯曾榮汾先生所提，將各類型資料建置為資料庫，以便編輯時整合利用。

（三）階段性成果之公布

漢文佛經異體字整理是費力耗時的工作，如待完全竟工後再推出成果，對讀者來說，等待的時間過於漫長；對編者來說，也會有長期投入而未見成果的沮喪感。觀教育部《異體字字典》，因採網路形式發行，可隨時更動資料，故由 2001 年 6 月至 2004 年 1 月間便更新了五個版次：

> 2001 年 6 月　臺灣學術網路七版（正式一版）：收字 105,982 字
> 　　　　 8 月　臺灣學術網路八版（正式二版）：收字 106,074 字
> 　　　　11 月　臺灣學術網路九版（正式三版）：收字 106,094 字
> 2002 年 5 月　臺灣學術網路十版（正式四版）：收字 106,152 字
> 2004 年 1 月　臺灣學術網路十一版（正式五版）：收字 106,230 字

屋，內置一個有 1,092 格的木架，用來放置經過分類的引文卡片。

〔註170〕《維基百科·dBase》：「dBase 是第一個在個人電腦上被廣泛使用的單機版資料庫系統，……而後在 SQL 與主從式架構的市場需求下，dBase 快速從 Microsoft Windows 的軟體市場上消失。」

　　如上表所見，五個版次的收字數量逐次成長。此階段性公布編輯成果的
做法，對於讀者、編者來說，都是有利無弊。故於漢文佛經異體字字典之編
輯規劃，在發行電子版本之前提下，亦可考量如此階段性公布編輯成果之策
略。